KiNG novels
成り上がり
S級魔法使いは
異世界で
世界最強
を目指す
愛内なの
Nano Aiuchi
illust:KaeruNoAshi

隠居狙いの魔法使い
スティド
孤児たちの頼れる姉
マエリス

行動派のエルフ
ベルティユ
頑張り屋の第二王女
オーレリー

「わたくし、先生のことをお慕い申し上げております。
どうか、ひと時の思い出を下さらないでしょうか？」
「キスをしたのは初めてなのですが……、
こんなにも刺激的なものなのですね……。
なんだか体が熱くなってしまいました……」
潤んだ瞳で俺を見ながら言う。
俺自身だって、王女にいやらしいことをしている
という事実に酷く興奮してきていた。
「きゃっ、せ、先生、そこは……、
んあっ、あ、あんっ」

成り上がりS級魔法使いは異世界で世界最強を目指す

愛内なの
illust：KaeruNoAshi

KiNG novels

S級成り上がり魔法使いは異世界で世界最強を目指す

contents

プロローグ

最強たる者、驕るべからず

大陸でも1、2を争うほどの大国。コルアト王国。

その首都にある王城から、馬車で数時間ほど走ったところに、王族や高位貴族たちが魔法の訓練を行うための平原がある。

本来ならば、俺のような下級貴族はここに入ることなどできない。

できない……のだが、俺はそこにいた。

もちろん、理由はある。

「我が血、我が名にて契約し、古き力をここへ」

澄んだ声で朗々と呪文を唱えているのは、俺の教え子であり、この国の第二王女オーレリーだ。

「風よ、集いて渦《うず》を成せ」

空に向かい、両手を伸ばした彼女を中心に風が生まれる。

「爆炎呪文で、風の詠唱だと……!?　魔法の基礎も知らないのか。外法使いの下級貴族の底が知れるというものだ。教師など、やはり無理であったのだろうな」

少し離れた場所にいるラジャブ侯爵が、蔑むような視線を俺へと向けて嘲笑する。

「……っ」

その侮蔑の言葉は彼女にも届いたのだろう。

一瞬だけ、オーレリー第二王女の集中が乱れる。

「大丈夫。キミならできる。自分を信じて続けるんだ！」

渦を巻き始めた風の中、俺は声を大にして叫んだ。

「はい、先生！　炎よ！」

するとオーレリーが広げている両手の間に、小さな炎が生まれた。

「あの程度の大きさしか生み出せないとは、やはり……」

「炎よ集え、集え、集え、集え！　我が手の内に」

燃え上がる炎、それはたちまち大きさを増し、赤から白味がかった青へと色を変えながら、やがて手の平大のボールサイズとなった。

オーレリーは遠くの一点を見つめ、最後の気合いを込める。そして……。

「爆炎《エクスプロージョン》！」

その『力ある言葉』と共に、呪文が発動した。

まるでレーザーのような光の軌跡を残して飛び出した火球は、一瞬で数百メートル離れた丘へと突き刺さった。

観覧の王や王妃、そして第一王女が驚きの声を上げる。

そうだろう、普通の爆炎魔法は、あんな速度で飛んではいかない。

「……いや、しかし。何も起きないではないか、まともに魔法を発動させることも──」

再び侯爵がなにか言いかけた、その瞬間だった。

目の前を白く染めあげるほどの輝きと共に、ズンっと体に響く衝撃と、爆発の轟音が響いた。

誰もが目を見開き、言葉を失い、呆然としている。

「ばかな……彼女がこんな魔法を使えるわけ、ないはず……」

えぐれてクレーターと化した丘だった場所を見て、かすれた声でそう呟いたのは、ラジャブ侯爵の三男――オーレリーの『元』家庭教師だ。

それも当然の反応だろう。

オーレリーは爆炎魔法しかつかえず、それも王家の人間としては、歴代でも下から数えたほうが早い程度の威力しかないと言われていたのだから。

「すばらしいですよ、オーレリー様」

俺も感心して、思わず声をかける。

「いえ、スティド・ストード先生。あなたの教えを受けたからこそできたことですわ。ありがとうございます」

オーレリーは上品な仕草でカーテシーをすると、極上の笑みを浮かべた。

そんな彼女の美貌に思わず見惚れてしまったことを誤魔化すように、俺は軽く頭を掻く。

……なんにせよ、これでどうにか『お役目』は果たせたな。

俺は内心でほっとしていた。

一応は貴族とはいえ、俺の家は男爵家でしかなく、しかも『継承魔法』が絶えている。

そのせいで、平民もどきと言われているような下級貴族だ。

『継承魔法』は、貴族の証。

各家が先祖代々受け継ぎ、磨き続けてきた魔法だ。

だからこそ、その継承すべき魔法を失った貴族の扱いなんて酷いものだった。

もっとも、日本のブラック企業で社畜以下の扱いを受ける派遣社員だった俺だ。

それに比べれば、貴族だというだけでもう、十分に恵まれた環境だとしか言いようがなかったが。

そう――ここは日本ではない。

それどころか、地球でさえないと断言できる。

違う時代や場所ではないと言える根拠は、この『魔法』があったからだ。

こんな物理法則を無視しているものが普通に存在している時点で、少なくとも「俺の生きていた世界」とは違うってことは、間違いなかった。

そんな世界に俺は、あの日を境に生まれ変わってしまったのだ。

＊　＊　＊

「ふぅ……ちょっと休憩するか……」

俺はモニタから目を離すと軽く息を吐き出した。

他の社員はすでに帰宅したフロアで、こきこきと首を鳴らす。

俺は田上明《たがみあきら》は、二十六歳。就職活動に失敗して正社員になることができず、どうにか派遣社員として働いている。

この不況の時代、特に才能も資格もない身としては、仕事があるだけでも有難いものだ。

持ち合わせる技能といえば、簡単なプログラムを組むことができるぐらいだが……。

そのおかげで正社員様からはむしろ、いいようにこき使われてしまっていた。

いやいや、さっきも言ったが、仕事があるだけでありがたいのだ。

文句を言ってはいけないだろう。うん。

「よし、とっとと終わらせて帰るか」

俺は気合いを入れると、残りの分を片付けてしまうことにした。

誰もいないフロアに、カチャカチャとキーボードを叩く音だけが響き渡る。

それから数時間して、どうにか今日の分は終えることができた。

「はぁ、これでも残業代はつかないんだから、やってられないよな……」

思わずそんな文句が口から出てしまう。やはり、だいぶ疲れがたまっているのだ。

これはもう、とっとと帰って寝たほうがいい。そう思って、腰をさすりながら席を立つのだった。


「ただいまっと」

なんとかぎりぎり、終電には間に合うことができた。

久しぶりに、自分の部屋に帰って来られたな。

ここ数日は俺だけデスマーチだったおかげで、会社に泊まり込んでいたし……。

我ながら、派遣社員とは思えない働きぶりだと思う。

「そのうち、過労死でもしたりして……」

しゃれにならない冗談を呟きながら、コンビニで買ってきた弁当を食べる。

それから軽くシャワーを浴びて、もう寝ることにした。

「おやすみなさい……」

帰宅したときの挨拶もそうだが、誰もいないのについついつい、独り言を口にしてしまう。

身についた習慣というのは、なかなか消えないものだ……。

そんなどうでもいいことを考えつつも、やっと休めるのだという嬉しさと共に俺は目を閉じたのだが……。


「うぅ……もう朝か……」

スマホのアラームが鳴り響き、朝が来たことを教える。

さっき布団に入ったばかりの気がするのに、もう起きなくてはいけないとは……。

「むっ？」

起き上がろうとしたところで、頭がくらくらするのを感じた。

何やら世界が揺れている。一瞬地震かと思ったが、どうも違うようだ。

「これはもしかして……風邪、か……？」

頭がぼーっとするし、体もぞくぞくする。

久しぶりに家に帰ってきて、気が抜けてしまったのかもしれない。

「風邪なんて引いたの何年ぶりだ？」

体が丈夫なことだけが自慢だったのだが……。

立ち上がろうとするものの、足元がふらついてしまって上手くいかない。

今日も相当な量の仕事があるというのに……。

仕方がない、気が進まないが一応、担当の上司に電話するか。

頭の上にあるスマホに手を伸ばし、どうにか上司の番号を呼び出した。

「もしもし。なんだ、こんな時間に？」

「あ、おはようございます……すみません、どうも風邪を引いてしまったようで体調が芳《かんば》しくなくて……本日はお休みさせていただいてもよろしいでしょうか？」

「この忙しい時期に風邪ごときで何を言ってるんだ！　死ぬ気で出社しろ。いいな？」

予想通りのブラックな反応である。だから気が進まなかったんだ。

「はぁ……せめて病院に行ってからでも……」

「ちっ、仕方ないな。遅れた分は給料から引いておくぞ」

残業手当は出ないのに、遅刻分はしっかりと減らされるのか……ブラックにしてもひど過ぎる。

……などとは口が裂けても言えないわけだが。

「わかりました……」

「よし、それじゃな。くれぐれも休むんじゃないぞ」

そう言って上司は通話を切ってしまった。

少しぐらいは心配する振りをしてくれても、バチは当たらないのではないだろうか？

「はあ……まあ、取り合えず病院には行くか」

これで休んだりしたら、どうなるかわかったものではない。

俺は気合いを入れると、なんとか着替えることにした。

「うぉっ……!?」

しかし立ち上がろうとした瞬間、世界が大回転して思いきり倒れてしまう。

「あいたっ!?」

運の悪いことに、布団から逸れて転んだので、横にあった机《つくえ》の角に思いきり頭をぶつけてしまった。

やっぱり狭い部屋だと駄目だな……金持ちならこんなことはあるまい……。

「………あ」

そんなどうでもいいことを考えていると、意識が沈んでいくのがわかった。

ああ、目の前が暗くなっていく……会社に遅刻する訳には……いかない……のに……。

そこで、俺の意識は完全にフェードアウトしてしまった。

＊＊＊

それから、どれぐらい眠っていたのだろうか？

俺は不意に目を覚ましていた。

さっきまでの風邪での不調はどこへやら、なんだか妙に清々しい気分だった。

ぐっすり寝たおかげで治ったのだろうか。我ながら単純な体である。
だが起き上がろうとしたところで、体がまったく言うことを聞かないことに気付いた。
いや、多少は動かすことができるのだが、それだけなのである。
「あぅ……？」
というか、ここはどこだ？
目の前の天井は、どう見てもうちのアパートの天井とは違う。
なんとか首を動かして、辺りを見回してみる。
そうすると自分が、柵のようなもので囲まれたベッドに寝かされているのがわかった。
(なんだこりゃ？　俺の部屋には布団しかないはずだが……？)
まあ待て、慌てるな、落ち着け。こういうときは冷静にならなくてはいけない。
俺は取り合えず、目が覚める前のことを思い出してみることにした。
確か風邪で体調が悪くて……それで会社に行く前に病院に行こうとして……。
「ばぶぅ！」
(そうだ、足元がふらついて倒れ、頭を打ってしまったんだ!!)
あのまま気絶して、救急車で病院に運ばれたのかもしれない。
となると、これは病院のベッドなのだろうか。
だったら俺が目覚めたことを、看護師さんにでも知らせよう。
「あーうー、あうぅ！」

何やら、さっきから赤ん坊の声が聞こえる気がする。

まさか、怪我人と同室に新生児の赤ちゃんがいるわけでもあるまいに。

そう思ってきょろきょろと、声の出どころを探してみた。

そこであることに気付く。

じっくり見てみると、この部屋はとくに医療器具っぽいものは置いていないし、病院って雰囲気じゃない。

日本風ではないが、まるでどこかの一般家庭のような造りだった。

それに、けっきょく赤ちゃんなんてどこにもいないし……。

「ばぶばぶばぶ？」

そう思ったとき、また声がした。それもすごく近くから。

（本当にすぐ近くだったな……まるで、自分が声を出したような……）

そこではっとするが、直ぐには信じられない。

「…………」

試しに一度、声を出してみることにする。

「あうー、あうー」

すると、赤ちゃんの声が出た。

……いやいや、そんな馬鹿な。そう思って、もう一度だけやってみる。

「ばぶばぶばぶ」

俺だった。間違いなくこの声は、俺が出したものだ。

どういうことなんだろう。俺が赤ちゃんになってしまったとでもいうのか？

そんなことを思っていると。

「あらあら、ボクちゃん、起きてしまったの？」

「ばぶぅ!?」

誰かがベッドを覗き込んできた。

それは、どこか品を感じられる綺麗な女性だった。

長く伸びた艶やかな黒髪と、淡いサファイア色の瞳……。

優し気な眼差しで俺のことを見つめてくれている。

当然のことながら、こんな外国人美女の知り合いは俺にはいない。

「ばぶばぶばぶばぶ!!」

「はいはい、お腹が空いたのね」

そういうと女性は俺に手を伸ばしてきて、あろうことか、いとも簡単に抱き上げてしまった。

可憐な見た目とは裏腹に、なんという怪力!!

などということはなく、どうやらやはり俺の体のほうが、小さくなっているようだ。

それも、赤ちゃんサイズに……。

「ば、ばぶばぶばぶぶーっ！」

「いま、おっぱいをあげますからね」

見知らぬ女性は優しく微笑むと、肩紐に手を伸ばしてほどいてしまった。

はらりと服の前の部分がはだけられて……形の良いおっぱいが露《あらわ》になる。そして……。

（むぐっ！）

「あら、どうしたの？　おっぱいですよ」

（きゃー！　口元にぐいぐい乳首を押しつけてくるーっ‼　どこのどなたかは存じませんが、ちょっと大胆過ぎませんかぁ⁉）

「変ね？　お腹が空いてるわけではないのかしら？」

女性は不思議そうに首を傾げていた。

何が何やら訳が分からないが、俺はどうやら……完全に赤ん坊になってしまっているようだ。

そうか、これは夢なんだ。もしくは頭を打って、変な幻覚を見ているに違いない。

きっともう一度寝て起きれば、現実に戻っているはず。

そう考えた俺は、ぎゅっと目を閉じた。

「あらあら、また寝ちゃったのね……ふふ、ゆっくりおやすみなさい」

女性はそう言うと、俺をベッドに戻してくれた。

さよなら、名前も知らない人……。

幻覚とはいえ素晴らしいおっぱいを、ありがとうございました……。

そして俺は現実へと――。

「……ばぶぅ」

戻らなかった。

あれから、目が覚めても赤ん坊のままだった俺は、諦めて現実を受け入れていた。

どうやら、田上明であった俺は、もう死んでしまったらしい。

そして何がどうなったのかはわからないが、この家の子供として新しく生まれ変わったのだと思う。

『スティド・ストード』

それが今の俺の名前である。

さらに言えば、ここは俺の生きていた世界ではなく『異世界』だ。

もちろん最初は戸惑った。けれども、赤ん坊だった俺に何かできるわけでもない。

幸い、下級の男爵位とはいえ貴族家だったのは運が良かっただろう。

両親は恋愛結婚で家族仲は良好。長男ということもあったのだろうが、俺は可愛がられていた。

文明的には遅れているし、食事も日本とは比べるべくもなかったが、暮らしぶり自体は前世よりも恵まれていると言っていいと思う。

文字どおり、何不自由なく暮らさせて貰っている。

……とはいえ、問題がまったくないわけではなかった。

両親が貴族らしからぬつましい生活を好んでいたこともあって、経済的にはまだ困窮こそしていなかったが、男爵家は確実に傾きかけていた。

原因は『継承魔法』だ。

祖父、父どころか、ここ数代にわたり、ストード男爵家は魔法の才に恵まれなかったこともあり、家の象徴である強力な魔法を失伝してしまっていたのだ。

位の低い男爵家とはいえ、貴族としての務めがある。

有用な『継承魔法』を失えば、当然のように他の貴族たちからは軽んじられる。

祖父母も両親もおおらかな性格をしてはいたが、さすがに『継承魔法』を失ったことは気にしていたようだ。

そんな中で生まれたのが俺だ。

ストード家としては数代ぶりとなる、まさに待望の、高い魔力を持って生まれた子供だった。

一族の皆は俺の誕生を喜び、期待してくれた。

これまでの人生で、他人から期待されることのなかった俺は、地球になかった魔法への興味もあって、一気にのめり込んだ。

魔法というからには不可思議な現象なんだろうと思っていたが、科学とは似て非なるものとはいえ、一定の法則があるようだった。

地球の物理現象への知識。それに加えて、初歩的なプログラム技術があったおかげで、すぐにそれを理解し、応用することができた。

そのおかげで、この世界の魔法使いとは一線を画する力を得ることができたのだ。

ストード男爵家伝来の『継承魔法』こそ学べなかったが、魔法の神童、天才と言われれば悪い気はしない。俺はどんどん、新しい魔法を身に着けていった。

しかしそれでも、貴族にとっては『継承魔法』の強さが全てであり、青い血の流れていることの証明なのだ。『継承魔法』は、貴族家としての誇りの全てだった。

『継承魔法』さえ使えればよく、それ以外の能力は求められない。

だからこそ、独自の魔法を使う俺は、その実力を認められながらも、影では外法《げほう》使いとまで蔑まれることになった。

＊　＊　＊

力はあっても、貴族としての評価は三流以下。

そんな俺が紆余曲折を経て、オーレリー第二王女の家庭教師をすることになるなんて。

予想さえできなかったのは、仕方のないことだろうと思う。

第一章　様々な出会いの中で

そして時は経ち。すっかり成長した俺は今、冒険者として暮らしていた。

下級貴族らしく勤勉に、生活の糧を稼ぐためだ。

男爵家はけっして裕福ではなかったので、長男の俺は当然のように働きに出ている。

そんな俺に転機が訪れたのは、遠出が続いたいくつかの依頼を済ませた後で、のんびりするために実家に帰宅したときのことだった。


「ふう……。やっぱり、自分の家は落ちつくなぁ」

日本の緑茶に似た薬草茶をテラスで飲みながら、家族と共にゆったりとした時間を楽しむ。

きっとこういうのが、幸せっていうんだろうな。

そう思ってくつろいでいると、テーブルの向かい側に座り、俺と同じようにお茶を飲んでいた祖父、ステロイ・ストードが尋ねてきた。

「スティド、今回はどのような依頼だったのだ？」

俺の父であるスナックスに家督を譲り、今は悠々自適に過ごしている祖父は、よくこうして仕事について聞いてくる。俺もまた、尊敬する祖父との雑談は嫌いじゃなかった。

「王都の反対側にある、肥沃な平原を占拠していた害獣を退治してきました。さすがに、なかなか手強かったですね」

「あなたはストード家の後継者なのですから、そのような無茶をする必要はないのですよ？」

すると心配性の祖母が、穏やかに言ってくる。

「あら、お義母様。私の息子ですもの。大丈夫ですわ。そうでしょ？　スティド」

そんな祖母の心配を笑い飛ばすように、今度は母が言った。

「ええ。母上の仰るとおりです。とはいえ、お婆様にはご心配をおかけして申し訳ありません」

「大切な孫が健《すこ》やかに暮らしている。それだけで、私たちは幸せなのですよ？」

「ありがとうございます、お婆様」

俺の前世――と、もう言ってしまっていいだろう。

その前世の日本では、家族とのんびり過ごすことなんて、とてもできなかったからな。

こんなふうに落ちついた時間を過ごすことができるのも、すべて異世界に転生したおかげだ。

俺をこの世界へ送り出してくれた存在がいるなら、心の底から感謝していることを伝えたい。

「だが、長男としてそろそろ家のことも考えねばならんぞ、スティド。良い人の一人やふたり、おらんのか？」

「はは……まあ、冒険者なんてやっていると、なかなかそういう出会いはないものですよ」

「笑いごとではありませんよ。いつまでも独り身では、あなたも肩身が狭いというものです」

「お義母様の言う通りよ。とはいえ……ごめんなさいね、スティド。『継承魔法』が途絶えていなければ……今頃、結婚相手の五人や十人くらい、きっといたでしょうに」

「お母様、それはかいかぶりというものですよ」

ウチは下級の男爵家。しかも、領地こそ王都から近いとはいえ、山を隔てた不便な場所にあり、猫の額《ひたい》よりはマシという程度の広さだ。

冒険者として稼いだお金を家に入れているから最近は多少の余裕もできたが、決して裕福とはいえない。

そんな俺の元へ嫁ごうなどという、奇特な貴族令嬢などいないだろう。

「そんなことないわっ。スティドは私たちの自慢の息子ですから」

優しい母はいつも、そう言ってくれる。

「そうですわね。あなたのおかげで、ストード家の評価もずいぶんと変わりましたもの」

「ああ。お前のおかげで、父親のスナックスも、ずいぶんと仕事がしやすくなったと言っておったぞ」

祖母と祖父もまた、俺を十分に認めてくれていた。

そうやって持ち上げてくれるのは嬉しいが、祖父も父も事務方としての能力を評価されて、王都での仕事をしている。

そのことに、俺の冒険者としての能力は関係ないはずだった。

今の家族は皆、俺への評価が少し高すぎる気がした。

「ふふっ。もっと自信を持ちなさい。焦らなくとも、スティドならきっとすぐに、良い人が見つかるわ」

「お母様、ありがとうございま――」

そのときだった。突然、バンッと乱暴に扉が開かれる。

「し、失礼いたしますっ。大旦那様、大奥様、奥様、スティド様、大変でございますっ」

額に汗を滲ませ、動揺も露わにやってきたのは、我が家の家宰《かさい》兼執事《しつじ》兼、俺の教育係をしているラーナだった。

「どうした、そんなに慌てて。何があったのというのだ？」

「スティド様。急ぎ用意して、すぐに登城するようにと王家の使者の方がっ！」

和やかだったその場にいた全員が一瞬で、まるで石になったかのように固まった。

「スティド……、王家に召喚されるような心当たりはあるのか？」

祖父が、やや強張った声で聞いてきた。

「ええと………たぶん、アレかなぁと思い当たることはあります」

あるといえば、ある。しまったなぁ……やっぱりか……とも思う。

そんな俺の様子を不安ととらえたのか、祖母が言ってきた。

「スティド、私は何があってもあなたの味方です。いざとなれば王家を相手にする覚悟もありますよ」

「そのときは私も一緒ですっ。いざとなったら母として、命を賭してスティドを守って――」

「落ちついてください、お婆様、お母様」

なんだか、凄く物騒なことをさらりと言う祖母たちをなだめる。

母などは、今すぐ王城へと殴り込みをかけに行きかねない様子だった。

「……で、お前は一体、何をしたのだ？」

女性ふたりが落ちつくのを見てから、祖父が口を開いた。

「ええ。ですから先程も言いましたとおり……平原に巣くう害獣――ドラゴンを退治したんですよ」

ドラゴン。

それは数多《あまた》いるこの異世界のモンスターの中でも、最上位に位置する危険な存在である。

よほど熟練した冒険者であっても、ドラゴンとの戦いでは命を落とす危険が常につきまとう。

そのドラゴンが、旅人や商人が移動ルートとして使っている平原を根城にしてしまい、物流に支障が出始めてしまっていたのだ。

迂回ルートをとるとしても、ドラゴンよりはマシとはいえ、狂暴なモンスターが多数出現する地域を通るしかなくなってしまう。

そうなれば、普通なら国家が軍隊を編成してドラゴン退治に挑むところだが、その場合も被害が大きくなると予想されるので、なかなか手を出せないのが現実だ。

だから、街が襲われるなどで緊急の被害が出ない限り、ドラゴンがどこかに去ることを期待して、しばらく放っておいたりもするのだが……。

「俺の新魔法を試す相手としては、申し分ないな」

転生してからずっと魔法の勉強を続けてきた俺だが、全力でこの力を使ったことはなかった。

力を試してみる相手として、これ以上にうってつけなモンスターはいないだろう。

そう思いついてしまうと、どうしても気持ちを抑えられなかったのだ。

とはいえ、ドラゴンほどの相手を無許可で倒したりすると、あとで色々と面倒なことになるかもしれない。誰がやったのかを大袈裟に調べたりされると、かえって悪目立ちしてやっかいだ。

そう考えた俺は、冒険者ギルドで正式に討伐クエストとして受けることにした。

結果的には上手くいったのだが、そのせいで噂になってしまったのだろう。

俺はただ、魔法を試したいだけだった。普通の日本人だった俺が魔法使いになったのだ。考え出した俺だけの「必殺魔法」を使ってみたいと思うのは、仕方がないじゃないか。

だが図らずも俺は、自分の実力がこの世界ではすでにズバ抜けてしまったことを、この一件で思い知ることになった……。

＊　＊　＊

「すみません、このクエストを受けたいのですが」

「はいはい……って、ええっ、平原のドラゴン退治ですか!?」

俺が差し出した申請書を見て、受付に座っていた少女が驚いた声を上げる。

その言葉を聞いて、周りにいた冒険者たちもざわついていった。

「ええ、その……何か問題がありますか？」

「いいえ、そうではありませんが……。確かにクエストとして掲示してはいますが、本当に挑戦なさるおつもりですか？　仲間の方も、了解しているのでしょうか？」

「仲間はいません。俺一人ですよ」

「ええええっ、お、お一人ですか!?　無茶ですって!!」

「おいおい、兄ちゃん、一人でドラゴンを倒そうとか正気か？　ドラゴンてのはな、普通大規模な部隊を組んで挑むもんだぜ?」

　話を聞いていた冒険者の一人も、呆れたように声をかけてきた。

　屈強な体つきと、見るからに頑丈そうな鎧。装備から見るに、歴戦の戦士だろう。

「よく知っていますよ。でも、俺一人で十分だと思うので」

　考え出した新魔法への自信が、素直に口に出てしまっていた。

「ははは、命知らずにもほどがあるな」

　受付の女の子もこの冒険者も、当然の反応だとは思う。それは覚悟の上だ。

　これまでの冒険で、自分の実力ぐらいは理解している。

　俺の魔法は誰と比べても間違いなく、相当に強力なほうだと思う。

　それは、化学知識を上乗せしていることだけでなく、俺の魔力の高さにもよるのだろう。

　だから危険はもちろんあるだろうが、ドラゴンが相手でも魔法のテストぐらいは問題ないはずだった。

　あまり目立つのは好きではないが、とにかく許可だけは取っておきたい。

　この程度の認識のズレを気にしていても、仕方がない。

「クエスト条件に、一人で受けてはならないなんてことは、ありませんよね?」

「ええ、まあ、はい……」

「じゃあ、お願いします」

「本当に、どうしてもやるんですか?」

「お気遣いありがとうございます。でも本当に大丈夫ですから」

「勇気と無謀は違うもんだが……まあ、せいぜい頑張るんだな」

これ以上の忠告は無駄と判断したのか、もしくは冗談だとでも思われたのか。冒険者の男も俺から離れていった。

そこで改めて俺は、受付の女の子に顔を向ける。なるべく明るめに、それでいて嘘っぽくならない程度には真剣に。

「というわけで、お願いします！」

「はい、わ、わかりました……」

受付嬢も説得は諦めたのか、手続きに入ってくれる。

ようやく正式な手続きを済ませると、俺はドラゴン退治へと赴いた。


「そろそろ目当ての場所だな」

平原までわざわざ歩いて行く必要はないので、空中浮遊の魔法で向かっていた。

馬車を使っても2、3日はかかる道程だが、魔法を使えばあっという間だ。

「おっ、あれか……！」

平原の中ほどまで来たところで、明らかに異質な存在が目に入る。

遠目からだとこんもりと盛り上がった小高い丘のように見えたが、近づいてみれば違うということがわかる。

鈍い銀色の光を放つ巨大な体躯……。禍々しい角に一対の羽と長い尾。

俺がいた世界では決してあり得ない存在……それは紛れもなくドラゴンだった。

「おお……こうしてみると、さすがに迫力があるな！」

静かに舞い降り地上へと着地した俺は、思わずそう口にした。

ドラゴンの体長は、およそ15メートル以上はあるだろうか？　いまは寝ているが、それでも見上げるほどの大きさがあった。

「さて、寝込みを襲うのは気分が悪いからな……おーい！　ドラゴン!!　起きろーっ!!」

俺は魔法で自分の声の音量を上げると、ドラゴンに呼びかけた。

ぴくり、と瞼が開いたかと思うと、目を開けて俺のことを見てくる。

「グオアアアアァアアァアアアアっ!!」

そして響き渡る、凄まじいまでの咆哮！

この声に、すでに魔力がこもっているのが感じられた。

魔法耐性のない者は身がすくみ、動けなくなってしまうだろう。

「うーん、さすがはドラゴン、最上位の魔物だけはあるな」

生きた災害などと称されることがあるのも頷ける。

この世界の人間にとって、ドラゴンはそれほどの脅威なのだ。

「この鱗は剣も魔法も通さないというが、どれほどのものかな……？」

俺はまず、無詠唱で炎の魔法を放ってみた。

しかし、あっさりと鱗にはじき返されてしまう。

「おお……！」

思わず感心してしまった。簡単な魔法とはいえ、今のでも岩を砕くぐらいの威力はあったのだが。

「グオオォオオオオっ!!」

「おっと」

ドラゴンが右腕を上げたかと思うと、俺に向かってまっすぐに振り下ろしてきた。

それを空中浮遊の魔法でひょいっとかわす。

ズズーン!!　というすさまじい破壊音の後、地面に大穴が空いていた。

なるほど、並の人間ではあれを食らったらひとたまりもあるまい。

「じゃあ今度は、もうちょっと強めの魔法で……穿《うが》て、空気の槍よ！」

空気を圧縮して、それを勢いよくドラゴンに向かって放つ。

しかし、これもあっさりと弾かれてしまった。一応、オリジナルの強力なやつのつもりだったので、けっこう驚きだ。

「へえ、すごいな……かなりの頑丈さだ」

などと考えていると、またしても強靭な腕を使って攻撃してきた。

寝起きで機嫌が悪いのだろうか？　かなりの獰猛さだ。

「よっと、危ないな。じゃあ今度はさっきの魔法にブーストを加えてみるか」

このブーストこそが、俺が編み出したまったく新しい魔法だ。

その名前の通り、魔法そのものの威力を上げる効果がある。

「穿て、空気の槍＋ブースト！」

「グガァっ!?」

二倍程度の威力にして放つと、今度はドラゴンの大きな体が揺れていた。

見れば、鱗に少しばかりの傷がついている。

「うーん、この程度じゃこんなものか……おや？」

ドラゴンが、俺に大きく開けた口を向けている。

そこにどんどんと魔力が溜まっていくのが感じられ……。

「ああ、これがあの――」

回避しようとした瞬間、灼熱の炎が放たれていた。

俺の視界が紅蓮に染まり、凄まじい熱波によって服もろとも骨も残さず一瞬で焼け落ちて……ということはなかった。

「グアァっ!?」

「よしよし、ちゃんと自動防御魔法が発動してくれたな」

わが身に危険が迫ったときに、無意識でも発動するように仕掛けておいたのだ。センサー的な機能も含め、これも俺のオリジナル魔法の一つである。

「いまのが、ドラゴンフレアかぁ」

口から炎を吐くなんてのも、異世界ならではで感動する。

一個小隊ぐらい簡単に壊滅させる威力があると聞いていたが、どうやら真実だったらしい。

俺の後ろには小さなクレーターができていた。

どんな攻撃でも防ぐ自信はあったが、ドラゴンフレアを防げるならば、これでもう十分だろう。

傷一つなく無事な俺の姿を見て、ドラゴンから動揺が伝わってくる。

これまできっと、この攻撃で倒せなかった相手はいなかったのだろうから無理もないな。

「さて、他にも何かあればやっていいぞ？　防御魔法の効果を試したいからな」

このドラゴンと言葉が通じるとは思えないが、俺は挑発するようにそう言った。

するとドラゴンはその大きな羽で飛び上がり、俺に突撃してきた。

今度もかわさず、直接受けてみる。俺の体は大質量の衝突で、まるでゴムまりのように吹っ飛ばされていた。

「グオオーン!!」

地面に激突して土煙を上げる俺を見て、ドラゴンが勝利の咆哮を上げている。

「いや、それはまだ早いんじゃないか？　このとおり、ぴんぴんしてるぞ？」

「グルルゥ!?」

またしても、ドラゴンから動揺した気配が伝わってくる。

こいつからすれば、人間なんて虫けらみたいな、取るに足らない矮小な存在でしかないはずだからな。

「ほら、他にもまだないのか？　遠慮しないでどんどん攻撃してくれ」

「グガルガアアァアアァァアアアアっ!!」

今度はフレアを圧縮させた炎の球を、連続で放ってきた。

圧縮された分、威力も高まっていそうだ。

「おお、まだこんな攻撃方法があったのか」

俺の目の前では炎の球がはじけ飛び、炎柱を上げていた。

これも実に強力だ。並の人間なら一瞬で蒸発してしまっているだろう。

しかし俺の防御魔法はびくともしていない。そのまま俺は観察を続け、ドラゴンの攻撃を受け続けた。

火球の圧縮は、俺の考え方にも通じる。さすがはドラゴンといったところか。

しばらくすると、雨のように降り続けていた攻撃が止んだ。

「あれ？　もう打ち止めか？」

いくらやっても無駄だと気づいたのか、上空のドラゴンは鋭い瞳で俺のことを見下ろしているだけだ。

……と思ったら、いきなり俺に向かって落下してきた。

「お、今度は押しつぶす作戦か、いいぞ」

ズウゥンと地面が揺れるほどの衝撃と共に、俺の上にのしかかる。

そのまま魔法防御のシールド範囲ごと、地面に埋まってしまった。

「うん、これも障壁で耐えられるな……さて、そろそろいいか」

もう十分に、防御魔法の強度を試すことができた。

これだけデータが取れれば、後は必要ないだろう。

「今度は俺からいくぞ」

浮遊魔法で埋め込まれた地面から飛び出すと、ドラゴンに右手を向ける。

「大気に潜みし精霊よ……我が呼びかけに応え、形を成せ……アクアランス＋ブースト！」

今度はドラゴンの防御力を鑑みて、最初から強めのブーストをかけておく。

次の瞬間、俺の手の平から渦巻く水の槍が現れ、ドラゴン目がけて突撃していった。

「グギャアァアァアァアァアッ!?」

狙いが僅かに逸れて、ドラゴンの羽を片方吹き飛ばす。

赤黒い肉と血が辺りに飛び散っていた。

「うん、やっぱりブーストを使えば通じるんだな」

低位の水系呪文でも強化すれば、ドラゴンにダメージを与えることができるのがわかった。

今度は高レベルの呪文で、ブーストを使わずに通じるか見てみるか。

「この世のすべてを切り裂く大気の刃よ……我が前に立ちはだかる敵を薙ぎ払えっ。エア・スラッシュ!!」

大気を切り裂く音と共に、目に見えない刃がドラゴンに炸裂する。

鱗に大きな傷がつきはしたが、思ったほどの効果ではなく、体を両断するまでにはいたらなかった。

「グガアァアァアァアァアっ!!」

「なるほど……まだまだ頑丈なようだな……」

俺の予想では、この魔法で十分仕留められたはずなのだが……。

他の魔法を試してみるか。

「聖なる光の力よ……いまこそその力を我が前に示せ……ホーリーライト・レイ!!」

俺の手から一条の光が放たれる。それはドラゴンの体にぶつかると四散して消えていた。

これもかなりの威力があるはずなのだが、それでも体を貫くまでには至らなかった。

「おお、これでもダメか。耐性でもあるのかな？」

「グガルアアァアァアアァァアアアアァアっ!!」

いいように痛めつけられたドラゴンが、怒りの咆哮を上げる。

恐らくはプライドも、散々に傷つけられたことだろう。

「なんだ、怒ったのか？　でも悪いけどお前のターンはもうないぞ」

最後のとどめに、なんの魔法を使うかは最初から考えていた。

それは俺のオリジナル魔法の中でも、最強の威力を持つもの……のはずだ。

はずというのは、編み出したはいいものの、今まで使う機会がなかったのである。

このテストこそが、今日の目的だ。

「グオオオオォオオオォォオっ!!」

ドラゴンが狂ったようにフレアを放ってくるが、それは防御魔法で余裕で防ぐ。

その間に、俺は呪文の詠唱に入った。

「そは神の嘆き……そは神の怒り……我が力ある言葉によって、すべての敵を消しさりたまえ……受けよ、神の雷!!」

大きく右手を掲げ、それをドラゴンに向かって振り下ろす。

次の瞬間……平原全てをまばゆいばかりの光が埋め尽くしていた。

「……うむ」

光が収まった後、俺は結果を見て大きく頷く。

そこにはドラゴンの姿など跡形もなくなっており、ただ巨大なクレーターがあるだけだった。

「うん、これはやりすぎたな……さすがに言い訳できそうもない」

街道を、むしろ荒らしてしまったのではないかと思う。

この魔法はよほどのことでもない限り、封じることにしよう。そう、心に決める。

そしてこれが、俺のドラゴン退治の一件だった。


「ふむ……。おぬしがスティド・ストードか」

「はっ」

余計なことを一切言わず、胸の前で両手を交差し、片膝をついた状態で深く頭を下げる。

……これで、いいんだよな？

遠目に見るならともかく、声をかけられることなどないと思っていたのだ。王族相手の作法なんて、ほとんど覚えていなかった。

「楽にしてよい。我が国を悩ませておったドラゴンを退治した英雄なのだからな」

「過分なご配慮、感謝いたします」

そもそも父上ならともかく、国王が直接、男爵家の息子ごときに言葉をかけることなど例外中の例外だ。

そんな慣れない扱いをされ、嫌な汗がダラダラと背中を流れていく。

ちらりと視線を周りに向けると、上位貴族の何人かは、不機嫌そうな顔を隠しもせずにこちらを見ている。

（うわ……。面倒そうな人がいる）

虚々実々のやり取りをして、互いの揚げ足を取り合うような貴族社会にいたくないから冒険者をやっているのに、どうしてこうなった？

（……って、それはもちろん、ドラゴンを狩ったからか）

前世の知識を使った魔法のテストと、効率良く大金を稼ぐのに向いていたから……なんて理由でドラゴン退治をしましたと言ったら、怒られそうだ。

「あのクリンラ平原の開発は、先々代――祖父の頃からの悲願だった。しかし、定期的にドラゴンが姿を現すことで、それが困難だったのだ。これで我が国はより豊かになるであろう」

こちらの世界の主食は小麦や大麦だ。

あれだけの広さの平原を開発できれば、食糧事情はかなり良くなるだろう。

もちろん、貴族たちの利権争いはより激しくなるだろうけれど、それは俺には関わり合いのないことだし、家族が巻きこまれなければ好きにやってくれ、というものだ。

「おぬしには褒美を与えねばならぬな。何か望みがあるのならば、遠慮なく申すがよい」

報奨金だけで結構です……なんて言ったら、きっと王の顔を潰すことになるだろう。

けれども、身の丈に合わない要求をすれば、周りがうるさいはず。

こういう場合、どうすべきか……。

「我が領の外れに、小さな入り江がございます。そこで塩づくりの許可をいただきとうございます」

「ほう。塩作りをしたいと？」

王は面白そうに目を細めた。

塩は戦略物資だ。通常は国や大貴族が管理するものだが、小規模なら国の許可があれば自領内での生産も許されている。

「なぜ塩を欲する？」

「冒険者の真似事などをやっておりますと、濃い味の料理を好むようになります。つまりは自身の、美味しい食事のためでございます」

「くっ、くっくっく……ははは！　食事か、ただそれだけのためというのか」

声を上げて国王が笑う。まあ、そうだろう。

王族ならば砂糖も塩も、貴重な香辛料だって使いたい放題だ。

でもこの世界では調味料は貴重で、全体的に薄味なんだよな。

うまい飯が食いたいというのは、本心だ。

「よかろう。許可する。生産がうまくいったなら、他領への販売許可も与えよう」

「王、さすがにそのようなことは――」

隣に立っていた宰相が渋い顔をして口を挟む。

「なに、かまわぬ。ストード領で生産できる量など、たかがしれているであろう？」

「しかし――」

「ドラゴン退治の報償としては少なすぎるくらいだぞ？」

「……いらぬ差し出口をいたしました。申し訳ございません」

さすが王様。あっさりと押し通してしまった。

「しかし、欲がない。いっそ伯爵位を望むくらいは言ってもかまわん功績だぞ？」

謁見の間の空気が張り詰め、俺に向けられた視線の鋭さが増す。

針のムシロが、剣のムシロになったくらいには違う。

冗談でもそういうことを言わないでほしい。

俺は、こっちの世界ではのんびりと、だらだらと、ゆったりと、まったりと過ごしたいんだ。

「非才の身には、過ぎたご厚意かと存じます」

「……ふむ。本気で爵位には興味がなさそうだな。では塩の生産販売権と――ああ、他にも国からの報償があったたな」

「報償、でございますか？」

これ以上、敵が増えるようなことは避けてほしい……なんて言っても無駄だろうな。

「スティド・ストード。今日からA級魔法使いを名乗るがよい」

「A級魔法使いでございますか？」

「そうだ。今後も我が国のために、その力を存分にふるってもらうぞ」

「はっ」

望んだわけではないけれど、「A級魔法使い」という名誉な称号をいただいた。

以前の受勲者は、二十数年前に戦争直前の小競り合いで大活躍をした、当時の宮廷魔導師長だそうだ。

もちろんこの称号には、名誉だけでなく実利もあった。

国から年2枚の白金貨——日本円だと2000万円くらいの感覚だろうか——が約束された。

これはウチの男爵領ならば、一年分の純利益とほとんど変わらない。

高位貴族にとっては端金かもしれないが、貧乏男爵領にしてみれば、ありがたい申し出だ。

「ありがたく頂戴いたします。この力、この身、全てをもって今後もコルアト王国のために尽くすこと、ここに誓います」

「うむ。期待しておるぞ」

「はっ」

どうやらやっと王様タイムは終わりのようだ。

あとは失礼にならないように引き上げて、しばらくは王都を離れてあちらこちらをブラブラと——。

「さて、A級魔法使い、スティド・ストード。貴殿には、さっそく一つ、頼みがある」

「はっ。私にできることでしたら、何なりと」

要望の形を取っているが、国王の直言だ。実質、命令でしかない。

断る選択肢など最初から存在しない。

隣国への牽制か、国境の魔物の掃討か。どんなやっかいごとかと思ったのだが、予想していたものとはまったく違う方向だった。

「我が娘——第二王女、オーレリーの魔法の教師をしてもらいたい」


「どうしてこうなった……」

がっくりと肩を落としながら、俺は指定された部屋へと向かって歩く。

王城は広く、王族が使っているプライベートゾーンでさえ、地図がなければ迷子になりそうだ。

俺が魔法の家庭教師を頼まれたのは、第二王女——オーレリー・ユ・デ・アルトラ・ルナーラ・コルアト様だ。

名前を噛まないように発音するだけでも疲れそうな彼女は、御年19歳。

才媛として名高い第一王女とは違い、一般的な初級魔法もほとんど発動せず、かろうじて『継承魔法』を使えるだけだそうだ。

今までは、ある侯爵家の三男が家庭教師をしていたが、どうやら結果がうまくでなかったらしい。

このままでは責任問題となりかねないと判断したのだろう。

そこで、侯爵の強い推薦——暗躍ともいう——もあり、二十年ぶりのA級魔法使いとなった俺にお鉢が回ってきたわけだ。

さらに、家庭教師の期間は三ヶ月と短期の上に、王女は多忙なので少ない授業回数で結果を出せときた。

これで第二王女様の教育が失敗すれば、侯爵の三男には責任はなかったと主張できる。

さらにはA級に相応しくないと、ついでに俺を引きずり下ろせるだろう。

さっそく権力者の尻拭いと失敗の責任を、押し付けられたというわけだ。

さすが上位貴族。陰湿な手を使ってくれる。

これでは、ブラック会社で派遣をやっていたときと変わらないじゃないかと思うと憤慨する。

役職に未練はないが、白金貨2枚を貰うまではなんとか耐えておきたかった。


「オーレリー・ユ・デ・アルトラ・ルナーラ・コルアトと申します。三ヶ月と短い間ですが、よろしくお願いいたします」

自分からそう挨拶してくれた第二王女様を前に、俺は言葉を失った。

不出来な第二姫。現状のままでは、降嫁することも、他国に嫁ぐことも難しい王家の足手まとい。

『落ちこぼれ姫』とか『無能姫』などと陰口を叩かれているのは知っていた。

とはいえ、美男美女揃いの王家の直系だ。いくら評判が悪くとも、それなりの容色だとは思っていた。いたけれど……俺はその美貌から目を離すことができずにいた。

「……あの、どうかされましたか？」

自分が棒立ちだったことに気づき、俺は慌てて片膝をついた。

「スティド・ストードです。オーレリー王女殿下。非才の身ではございますが、家庭教師を務めさせていただきます。よろしくお願い申し上げます」

「あなたは私の先生になるのですから、どうか普通に話していただけますか？」

「しかし、王族であるオーレリー様に対して、そのような――」

「ダメ、でしょうか？」

なぜか潤んだ目で、上目遣いに聞いてくる。

「……かしこまりました。できるだけ努力いたします」

「やはりダメなんですね」

オーレリーは哀しげに目を伏せた。

（あれ？　これでもお気に召さないのか？）

「きっと、お姉さまがお願いしたのでしたら、スティド様も聞いてくださいましたよね……」

オーレリーの姉――コルアト国の第一王女。フェオーレ・ユ・デ・アルトラ・ルナーラ・コルアト。

神の寵愛を受けし者……などなど、彼女を表す美名は枚挙《まいきょ》に暇《いとま》がないほどだ。

事実、フェオーレ王女は『継承魔法』の力は歴代の中でも上から数えたほうが早く、容姿や品格、知性においても国内に並ぶもの無しと言われるほどの傑物だった。

対してオーレリーは、王家の象徴でもある『継承魔法』の爆炎魔法をどうにか使えるが、力の調整もできず、その効果も王家歴代の中では下から数えたほうが早いという出来らしい。

最も身近な家族と、常に比較され続けているのはしんどいだろうな。

「……わかりました。では、そうさせてもらいますね」

「ありがとうございます」

安心したのか、オーレリーは微笑する。明るく微笑む彼女は、ますます可愛らしくなった。

……いつもそうしていればいいのに。思わずそう口にしそうになる。

「スティド先生は、これまでにない魔法を使いこなされるとか。私が努力したら……今よりほんの少しでも『継承魔法』を身につけられるでしょうか？」

まっすぐに俺を見つめるオーレリーの瞳は不安げに揺れ、握り締めた拳は微かに震えていた。

彼女にそんな顔は似合わない。笑っていてほしいと、そう思う。

「もちろんです。私を信じてください」

気付けば、俺ははっきりとそう答えていた。


前の人生では当然、そして生まれ変わって貴族となった今でさえ、王女様なんて雲の上の存在だ。自分が関わることなど、一生ないと思っていたのだけれど――。

「では、この二本のろうそくに同時に火を着けます。そして片方にはカップをかぶせます。そうなると、どうなると思いますか？」

「先生、あの……これは、魔法の勉強に必要なことなんでしょうか？」

家庭教師の初日。

まずは軽く酸素と燃焼の関係を説明しようとしたのだけれど、オーレリーは戸惑っているようだった。

「もちろんです。前のときは、どのような方法で魔法の勉強をしていたんですか？」

「……呪文の詠唱の練習と、実際に『継承魔法』の行使です」

「実践的ですね。他には？」

「他、ですか……？」

「え？　他には何もしなかったんですか？」

「はい。『継承魔法』は、自らの血が受け継ぎ、力を発揮するものだから、と」

理由もなく、目的もなく、ただ実際に魔法を連打させていただけじゃ上達なんてできないだろうに。

「それで、結果は出ましたか？」

「…………いえ、何も変わりませんでした」

オーレリーはうつむき、消え入りそうな声で答える。

当然の結果だ。だからこそ、彼女がそんな暗い顔をする必要なんてない。

「なるほど。つまりオーレリー様は、詠唱を練習する必要はないほど完璧だということですね」

「え……？」

俺の言葉が意外だったのか、きょとんとした顔をしている。

「常に同じ威力ということは、詠唱と一度に使用する魔力の制御、つまり魔法の行使を完璧にしているということですから」

「あ、あの、では……これ以上はいくらやっても私は上達しないということでしょうか？」

「いえ、そんなことはありません。よく、そこまでがんばりましたね」

「あ……」

オーレリーの目が潤む。

(あ、あれ？　何かおかしなことを言ったか!?)

「嬉しい、です。私のことを本当に褒めてくださったのは、先生が初めてです」

「そんなはずは――」

「父や母、姉は褒めてくださいます。でも、それは家族の愛情からです。前の先生は美辞麗句を口にしてはいましたが、本心からでないのは、目を見ていればわかりました」

「そういうことですか」

内心を隠してのこびへつらいや、おべっかだろう。

高い地位が、本来優秀な彼女を孤独にしていたのかもしれない。

「魔法の概念を知り、魔力の収束と制御の方法を変えて『継承魔法』の本来の力を引き出せば、今までとは比べものにならない威力になります」

「本当、でしょうか？」

「本当です。だから、まずは一つ約束をしてください」

「約束ですか？　どのようなことでしょうか」

「私が許可をするまで、決して『継承魔法』を使わないでください」

ここは譲れない。彼女が約束を守れないのならば、どんなペナルティがあっても、ここで降りるつもりだった。

「そ、それでは、練習をすることができませんっ。『継承魔法』が上達しませんっ！」

「約束できませんか？」

「…………わかりました」

俺の言葉に、不承不承とはいえ頷いてくれた。

これでひと安心だな。

王家の『継承魔法』である爆炎魔法《エクスプロージョン》は、かなりの威力のある魔法だ。

俺との勉強で強化された魔法を、彼女が今まで通りの感覚で使用したら、何が起こるかわからない。

「では、先ほどの続きから始めましょう。火が燃えるのに必要なものについてですが――」

最初の一ヶ月の授業で彼女に教えたのは、基礎の基礎の科学知識と、魔力の収束と循環の方法。

そして、風系の初歩魔法と、火系の初歩魔法だ。

貴族ではなく平民の子供でも、普通に使いこなすことができるレベルだ。

事実、オーレリーも最初の数回こそ上手くできなかったが、コツを掴んでからは、あっという間に上達した。

もともと王家は、魔力の高い人間を何代にもわたって取り込んでいる。

魔力の高い両親からは、魔力の高い子供が生まれやすい。

つまり、オーレリーは元々の基礎能力は高いのだ。

ちゃんとしたやり方さえ理解した後は、水系土系の初級魔法を含め、ほぼ全属性を扱えるようになった。

こうなると王族ってのは、異世界転生した俺よりチートなんじゃ……。

これだけの才能があっても『落ちこぼれ』だなんて言われているのは、ちゃんと魔法が使えないから。

ただそれだけだ。

「とてもいい感じですよ、オーレリー様。では、次は自分の体の前に風の壁をつくりながら、私の指示した方向に渦《うず》を作ってください」

「はい、先生！」

少しずつ自分が成長しているのを実感しているのか、最近は前よりも明るくなった。

いや、もともと前向きでがんばり屋だった性格が表に出てきたというべきか。

期間が限られているので、促成《そくせい》授業の感は否めないけれど、目的である『継承魔法』を強化する準備はできた。

「オーレリー様、よくがんばりましたね。次からは、もう少し踏み込んだ魔法と『継承魔法』の強化を始めましょう」

俺はそう言って、彼女を次の段階へと導くのだった。

＊　＊　＊

最近、私にとってとても楽しみになった時間——それは魔法の授業。

それが終わると、心の中にぽっかりと穴が開いてしまったような気持ちになります。

だからこうして——夜になると、胸にある空虚を埋めるように、自分を慰めるようになっていました。

「んっ……スティド様……」

はしたないとは思いながらも、指が勝手に動いてしまいます。

王族の娘として、あるまじき行為だとは理解しています。

それでも先生のことを思うと、体が熱くなって抑えることができなくなってしまうのです。

「あっ、あんっ、いけない方……んくっ……んんっ……」

もちろん、本当にいけないのは自分だとわかっています。

それでも、そう口にしながら指を動かすことで、私の中の興奮はより高まっていきました。

「はあはあ、スティド様……もっとそこ、弄ってください……」

あの方に触られていることを想像しながら、指の動きを激しくしていきます。

はしたないとは思いながらも足を大きく開き、大事なところをより触りやすいようにしました。

こんな行為……少し前の自分では、とても考えられないようなことでした。

けれど、スティド様に惹かれ、あの方への想いが増していくと、いつしか私は自分を慰めることを覚えてしまっていました。

スティド様に家庭教師をしていただける期限は、三ヶ月……それを過ぎてしまえば、今のように傍《そば》にいて、気さくに話してくださることはなくなるでしょう。

立場の違いだけではありません。先生は普段から、自分の領に戻ってのんびりと過ごしたいとおっしゃっていました。

もしかしたら、二度と会うこともできなくなるかもしれません。

その切なさを誤魔化すように、より激しく大事な部分を責め立てます。

「ふあぁっ、ん、んくっ、ん、んぅっ、そこ、いいですっ……もっと、強くしてください……あんっ！」

指先で割れ目を上下に擦っていきます。

こんな風に、ここを弄るなんて想像したこともありませんでした。

心臓が早鐘のように打ち、さらに興奮が高まっていきます。

やめなくてはと思うのに、いけないことをしているという背徳感が、私に快感を与えてきました。

「んんっ、んぅっ、あ、あんっ、あ、あふっ、あ、ああ、スティド様っ……んんーっ！」

あの方に出会わなければ、きっとこんな行為に及ぶことはなかったでしょう。

だから、あの方が悪いのです。私の心を惹きつけてやまないあの方が……。

「ふぁっ、アソコ、すごく熱くなってます……こんな、私、やらしい……んっ、んくっ、ん、んあぁっ……はひっ……」

指で弄れば弄るほど、アソコがひくつき、快感が強まっていくのがわかります。

必死に声を抑えようとしながら、私は自分を慰め続けていきました。

割れ目がひくひくと震え、奥からどんどん愛液が滲みだしてきます。

「んっ、んんっ、ぬるぬるして、すごくエッチです……やんっ、あ、あふっ、あ、あんっ……ふあぁっ……！」

くちゅくちゅと、およそ王女の部屋には似つかわしくない粘着質な水音が響きます。

こんな姿をもし誰かに見られたりしたら……そう考えただけで、全身が燃えるように熱くなるほどの興奮を覚えました。

「はあはあ、あくっ、あ、あんっ、お父様、お母様、申し訳ございません……私は、いやらしい女です。ひゃんっ、んっ、んくぅっ！」

指先でぬるぬるを、割れ目に擦りつけるようにしていきます。

そのたびに、ぞわぞわとした気持ちよさが全身を走り抜けていくのがわかりました。

この指が、本当にスティド様のものだったら良かったのに……。

こうやって私の大事なところを、優しく、少し強引に弄ってほしい……。

「あふっ、あっあ、あんっ、あ、あぁっ……んんっ、どんどん濡れてきています……あひっ、いやらしい音が出て……ふあぁっ！」

アソコを弄りながら、私は自分の胸に手を伸ばしました。

手のひらでぎゅっと掴むと、円を描くように揉みしだいていきます。

最初は自分の慰め方もよくわからなかったけれど、繰り返すうちにどうすれば気持ちよくなれるかわかってきました。

「あっあ、あんっ、あ、ああっ、胸もいいです。もっと強く揉んでください……はひっ、ん、んんっ、んうぅっ」

少し痛いぐらいに胸を揉みながら、アソコを弄る指の動きを速めていきます。

すでにそこは、愛液で十分すぎるほどに濡れていました。

「乳首……んあぁっ、硬くなってきています……あひっ、触れると、びりびりってしてぇ……やんっ、あ、あぁっ、くりくりしちゃダメですっ。ひあぁっ！」

自分でも驚くような、いやらしい言葉が口から出てきます。

そのことでより興奮し、体が反応しているのがわかりました。

指で乳首をつまむと、ぎゅっと強めに引っ張ってみます。

「ふあぁあぁあっ！　あふっ、あ、あぁっ、これ、すごい……やんっ……んぁっ、ん、んんっ、んくっ、ん、んぅぅっ！」

甘く痺れるような快感が私の体を襲いました。

指先で触れたアソコは、燃えるように熱くなっています。

これだけ濡れていれば、もう大丈夫でしょう……。

「スティド様……やんっ……私の中も、あんっ、弄ってください……ひうぅっ、あ、あふっ、あ、あ、あんっ、ん、んんーっ!!」

愛液で指をたっぷりと濡らしてから、ゆっくりと中に突き入れていきます。

「あっ、ふあぁっ、は、入って、くるぅ……んっん、んあぁぁっ！」

自分の中に異物が入ってくる感覚……あまりの刺激に、息が苦しくなってしまうほどです。

愛液の助けを借りていても、私の中は指一本を入れるのがやっとの状態でした。

膣内がぎゅうぎゅうと、痛いほどに自分の指を締めつけてしまいます。

「あっ、はあぁっ……本当にここに……男の方のモノが……入るのでしょうか……」

こうして自分を慰めるようになってから、私はそんなことを考えるようになってしまいました。

以前はまるで興味がなかったのに……。

いえ、きっとそうではないのでしょう。

私は王女として相応しい振る舞いをするために、あえて考えないようにしていた気がします。

そんな私をはしたない女に変えてしまったのは、やはりスティド様なのです。

「これが、スティド様のモノだったら……んうぅっ！　あっ、あんっ、やあぁっ、ん、んくっ、中で動いて……ふあぁあっ!!」

私は自分の想像にたまらずに、指を出し入れし始めました。

するとすぐに、ぞくぞくとするような快感が襲ってきます。

入り口を弄っていたときとは、まるで違う刺激……私は夢中になったように指の出し入れを繰り返します。

「はひっ、あっ、ああっ、あんっ、ああっ、激しい……スティド様、激しすぎます……ひゃうぅっ!!」

中をかき混ぜるように、指を動かしていきます。

熱くぬるぬるとした膣肉が、指に吸いついてきました。

弄れば弄るほど切なさが高まり、もっと快感が欲しくなってしまいます。

「んんーっ、んくっ、ん、んうぅっ、ん、んあぁっ、あんっ、中で動いてますっ……ひあぁっ、あ、あ、あぁっ、あんっ！」

誰かに見られたら、言い訳しようのない姿。

それでもいまの私は、快感を求めることに必死でした。

まるで中身を掘り出すように、指を器用に動かしてみます。

「ひぐぅっ!!　んっ、んあぁっ、これ、刺激が強すぎて……はひっ、頭、真っ白になっちゃいます……んんっ!!」

ぎゅうぎゅうと痛いほどの収縮。それに抗いながら、自分の中を恐る恐る進む指先。

不思議な感覚が全身を震わせて、自分が女の喜びを知ろうとしていることに気付きます。

そこからはアソコと一緒に、もう片方の手で胸も弄っていきます。

手のひらで触れた乳首は、先ほど以上に硬くなっているのがわかりました。

それを、そのまま手のひらで転がすように刺激を与えていきます。

「あひっ!　あっあ、あんっ、あ、あうっ、ん、んくっ、ん、んあっ、ん、ん、はひっ、あっあ、あぁっ!」

とても王女とは思えないような、いやらしい声です。

そう……いまの私は、ひとりの女でした。

スティド様のことを想いながら、自分を慰めるひとりの女……。

今だけはすべてを忘れて、あの方に抱かれることを考えながら、さらに責めを激しくしていきます。

指を動かすたびに、奥から熱いお汁が溢れだしてくるようです。

「気持ちいい……いいんです……ひゃんっ……んっん、んうぅっ、あ、あひっ、あ、あ、あぁっ、あんっ、んぅぅうっ」

乳首を強めにつまみ、ぎゅっと引っ張ります。

その刺激に膣内がきつく締まっても、その中を無理やり往復していきます。

膣壁を指で擦るたびに、凄まじいまでの快感が襲ってきました。

「あっあ、あんっ、スティド様、もっとしてください……ひゃんっ、あぁっ、あんっ、ん、ん、ふあああっ！」

息が乱れ、快感と興奮から全身が汗ばんでいくのがわかります。

余計なことは考えず、私はひたすら自分を慰め続けます。

「んんーっ、ん、んんっ、んあぁっ、あ、あんっ、激しい……いいっ、それ、感じてしまいますっ！ひうぅっ！」

アソコはすっかり蕩けきって、根本まで私の指を飲み込んでいきます。

そこでふと、もう一本入れてみたらどうなるかと考えてしまいました。

「んうぅっ、んあぁっ、やっ、苦しい……スティド様、これ、きついです……んあぁぁっ!!」

指を一本増やしただけなのに、私の膣内はそれを拒むかのような狭さでした。

お腹が苦しくなるのを感じながらも、それ以上の刺激を求めて指を突き入れていきます。

私はアソコを慣らすようにして、ゆっくりと指を出し入れしました。

そんな私の指を、膣内が痛いほどに締めつけてきます。

膣内を擦る刺激がこれまで以上に強く、それがすぐに快感に変わっていくのがわかります。

気づけば私の指の動きが、また激しさを取り戻していました。

「ふぁぁっ、これ、すごいっ……指を一本増やしただけなのに、全然違います……！　やんっ、あ、あんっ、あ、あ、あふ、ひあぁっ！」

新しい刺激による、今まで以上にはしたない女の声。

あまりに膣内が指を締めつけるので、中身が裏返ってしまうのではないかと錯覚してしまうほどです。

「はひっ、ん、んくぅっ、スティド様っ、これ、ダメっ、ですっ、私のアソコ、壊れてしまいますっ！　んんっ、あんっ！」

ぐちゅぐちゅといやらしい音が、室内に響き渡ります。

部屋の外にだって、聞こえてしまうのではないでしょうか。

慎み深いメイドたちにもし聞かれたら、私はどうすれば……。

だけどそれさえも、今の私には興奮を与えるものでしかありませんでした。

「はあはあっ、あっあ、あんっ、見てっ、スティド様っ、私のいやらしい姿、見てくださいっ！」

先生に触られ、そして見られていることを想像すると、お腹の奥が熱くなって快感が膨らんでいくのがわかります。

何度か自分を慰める内に、私は気をやることができるようになっていました。

彼のことを思うほどに、どんどんその瞬間が近づいてきます。

だから私は、夢中になって指を動かし続けました。

指二本で出し入れを繰り返すうちに、アソコも馴染んできました。

そうやって自分がますますいやらしくなっていくのを感じながら、限界に向かってひた走ります。

「あひっ、あ、あんっ、あ、あぅっ、いいっ、気持ちぃいですっ、スティド様ぁっ、スティド様っ!!」

あの方の名前を呼びながら、私はアソコから指を引き抜きます。

そして最後まで残しておいた、一番感じる部分へと触れました。

そこはすでに、興奮から硬くなり皮から顔を出していました。

「ふあああああぁあぁあああああっ!!」

敏感な突起に触れた瞬間、凄まじいまでの快感が全身を走り抜けていきます。

もう耐えることは、できそうにありませんでした。

「んっん、くるっ、すごいのきちゃいますっ! スティド様、私、もう、ダメですっ……ひぐっ、ん、ん、んんーっ!!」

最後に、思いきり強く指で突起をはじいて……。

その瞬間、まるで爆炎魔法を使ったかのように、目の前が真っ白になりました。

「んぅうううぅうぅううっ!!」

ピンと足が張り詰め、全身がこわばり、アソコから愛液が噴き出しました。

とてもつない快感の波に襲われながら、私はそれが収まるまでずっと、体を震わせていました。

「あっ、あふっ、あ、あ、あんっ……はあはあっ……んんっ、んあぁっ……すごすぎます、スティド様ぁ……」

この一時《ひととき》が終われば、私はまた王女に戻らなくてはなりません。

でも、今だけはひとりの恋する女として……あの方のことを想いながら快感の余韻に浸るのでした。

＊　＊　＊

「どうしたんですか？　今日はあまり集中できていないみたいですね」

「～～～っ」

ぼうっとしているオーレリーの目をのぞき込むようにして尋ねると、いきなり顔を真っ赤した彼女に身を引かれてしまう。

「っと、失礼しました」

「い、いえ先生……少し、考えごとをしていました。申し訳ありません」

「考えごとですか？」

「はい……。先生に家庭教師をしていただくようになって、もうすぐ三ヶ月ですよね？」

「残りは二週間ほどですか。過ぎてみればあっという間でしたね」

「……家庭教師をしていただく機会も、あと数回しかありません。私、ちゃんと上達しているんでしょうか？」

「ええ、もちろんです。オーレリー様はとてもがんばっていますよ。威力を上げるために必要な、補助の風魔法もずいぶん上手く使えるようになりましたよね」

「…………はい、そうなんですけれど……」

このところだいぶ明るくなっていたのに、今日のオーレリーは暗く沈んでいる。

「元気がありませんが、その考えごとが原因でしょうか？」

「そう、ですね……そうなんだと思います」

「それは『継承魔法』のことですか？　確かに実践はまだそれほど行っていませんが……」

「いえ。たしかに『継承魔法』のことも考えていましたけれど、それだけではありません」

今の彼女にとって『継承魔法』の上達こそが、最も気にかかることだと思ったのだけれど、あっさり否定されてしまった。

「……先生は、どうしてなのか……お分かりにならないのですか？」

いつも物腰が柔らかいオーレリー王女が、今日に限ってご機嫌斜めな理由が思い当たらずに悩んでいると、それに抗議するように唇を尖らせながら聞いてくる。

「えーと…………すみません」

そんな王女様に、俺は正直に謝るしかなかった。

前世と今で、それなりに人生経験は重ねてきたけれど、未だの女性の気持ちはよくわからない。

「……先生は、私への家庭教師が終わったら、どうするんですか？」

「そうですね。以前と同じように冒険者をやりつつ、自分の領地でのんびりと過ごすつもりです。いつも言っているとおりですよ」

唐突に変わった話題に軽く戸惑いながらも、正直なところを答える。

変に格好をつけても仕方ないだろう。

俺はもっと、スローライフでいきたいのだ。もう過労死するようなことはしたくない。

「もっとご活躍なさって、最高位のS級魔法使いになるとか、その……高い爵位を得るとか、栄誉栄達を目指すとか、そういうお気持ちはないのでしょうか？」

「S級として認められたのは、建国からの数百年でもわずか数人ですよね。俺には無理ですよ」

「S級が無理ならば、陞爵《しょうしゃく》はどうでしょう？　侯爵——とは言いませんが、伯爵になれば国内で自由にできることが増えますよね？　父も言っておりましたとおり、英雄である先生ならば……」

「貴族の振るう自由には大きな責任が伴いますからね。それに、私はあまり立身出世には興味がないんですよ」

「それだと、私は……どうすれば……」

「ん？　どうされましたか？」

「い、いえっ。何でもありませんっ」

何事かを呟いたオーレリーに尋ねるが、慌てたように胸の前で両手を振って誤魔化されてしまう。年頃の可愛らしい仕草だが、こんなオーレリーは珍しかった。

「では、今日の授業は終わりです。また二日後に参ります。それまで、復習をしておいてください」

「……はい、わかりました」

結局、オーレリーが不機嫌な理由は最後までわからなかった。

「お高くとまってんじゃねーぞっ。いい加減、そのツラを見せろって言ってんだよ」

「おら、銀貨だ。これだけの金を払ってやるって言ってるんだ。女、素直に言うことを聞け！」

家に戻る途中の繁華街。

かなり酒に酔っているのか、下卑た声を上げる逞しい男たちが、すっぽりとフードを被った華奢な旅人に絡んでいた。

「その汚い腕を離してもらえるかしら？」

淡々とした口調でそう言うと、フードの女性は男の手を振り払う。

「ちっ。てめぇ、素直に言うことを聞いていればいいものを。そんなフードで隠さなきゃならねーくらい、不細工な面《つら》をしてるんだろっ！」

男が相手の隙をついて、フードを跳ね上げる。

「……っ」

しかし露《あらわ》になった顔を見て、絡んでいた男たちが息を呑む。

だが、それは俺も同じだった。金糸を編んだような長く艶やかな髪。深い森を思わせる柔らかな緑の瞳。淡い桜色の唇。

オーレリーに勝るとも劣らない、絶世の美女だ。

「おい、こいつエルフだぜ？　……やばくないか？」

「亜人か……ひひっ。まあ、いい。一度、味見をしてみたかったんだよな」

俺の知っているファンタジー世界と違い、こちらの世界のエルフは長年にわたり外の世界と交流していなかったので、人間やドワーフなどの他種族から「引きこもり」や「時代遅れ」と蔑まれている。

つまり人間の街では、彼女の立場はあまりよくないということだ。

「……仕方ないな」

口の中で短く呪文を唱え、幻覚を見せることに加え、恐怖の感情を植え付ける魔法を重ねて男たちにかけた。

「ひいいっ⁉」

「う、うわっ。来るなっ。こっちに来るなっ」

暴漢たちがいきなり叫んだかと思うと、逃げるように駆けていった。

……こんなものか。やはり、魔法がある世界では、この能力が絶対的な意味を持つな。

王族や貴族の基準が、強力な『継承魔法』なのも当然だろう。

そこでふと気付くと、エルフがじっと俺の顔を見ていた。

(まさか、魔法を使ったのが俺だと気付いたのか？)

であればこのエルフは、ただ者じゃない。関わると面倒なことになりそうだ。

俺はそっとその場を立ち去ろうとしたが、手遅れだった。

「助けてくれたこと、感謝するわ」

エルフは迷うことなく俺の前まで来ると、胸に手を当て、軽く黙礼をする。

この世界でも、ずいぶん古い挨拶の仕方だ。

「いや、ああいうやつらが嫌いなだけだよ。俺が手を出さずとも、あなたならどうにかできたんじゃないか？」

自信はありそうだったし、余計だっただろうか。

「だとしても、感謝しない理由にはならないでしょう？」

エルフは先ほどまでの人形のような無表情とは違う、魅力的な笑みを浮かべていた。

「お礼をしたいのだけれど……、こんなとき、人間とはどうしたらいいかしら？」

間近で見ると、その美貌が怖いくらいに整っていることを再確認する。

エルフという美形種族であることを考えても、彼女はさらに特別なように思えた。

「そう思ってもらえるだけで十分だよ。それじゃ、俺は――」

やや強引に離れようとしたが、やはりこのエルフはくせ者のようだった。

「さっきの魔法はあなたのオリジナル？　特殊な『継承魔法』だとしても、普通とは違う発動の仕方をしていたわよね？」

(完璧にバレてる!?)

『幻』を扱う魔法は、俺にとってはゲームや小説などでおなじみのものだ。

しかし、この世界の魔法は生活に密着したものか、攻撃などに特化した特殊な『継承魔法』ばかりだから、俺の使ったものがかなり珍しいのは確かだ。

「どうして分かったんだ？」

「魔力の流れと、発動するときの方陣や色が、他の人間の魔法とまったく違ったの。人間にはあまり見えないみたいだけれどね」

「へえ、エルフはそんなものが見えるのかい？」

「興味ある？　だったら、お礼におごるわよ。どこかで軽く飲みながら話をしない？」

そう言って、彼女は周りに視線を向ける。

喧嘩目あての野次馬は減ったとはいえ、こちらを気にしている人はまだ多い。

「……そうするか。でも、行き先は俺の家でどうだ？」

「いきなり女を連れ込もうだなんて、ずいぶんと大胆なのね」

「ウチには祖父母に両親もいる。そういうことをするつもりはないよ」

「あら……、それはとても残念ね」

彼女はからかうような口調でそう言うと、妖艶な笑みを浮かべた。


家へと向かう道すがら、彼女はベルティユと呼んでほしいと名乗った。

略称ではあるが、エルフの正式な名前は長く、人間には発音しにくいということらしい。

「俺の名前はスティド・ストードだ。スティドでいいよ」

「名字があるってことは、スティドは貴族なの？」

「ぎりぎり、平民じゃないって程度だけどな」

「ふーん……。だったらさっきからずっと、貴族とは思えない言動よね。変わっているって言われない？」

「よく言われるよ。でも、変わっているというなら、ベルティユのほうじゃないのか？　女の――

しかも君みたいな美人がひとり旅だなんて、大変だろ？」

王国の治安は悪くはないが、先程のようにエルフというだけで絡まれることもあるだろう。

「え……？」

だがベルティユは、きょとんとした顔をしている。

「うん？　どうしたんだ？」

「い、いえ。私はエルフなんだけれど……？　さっきみたいな酔っ払いならともかく、普通の人間は……」

「そうだな。今さら言われなくてもわかっているよ」

「あなた、本当に私がエルフだってこと、わかっているの？」

なんだか、会話がかみ合っていない気がする。

「わかっている……と思うけど？」

「んふふ。そっか。そうなのね。スティドってやっぱり変わっているわ」

くすくすと笑いながら、俺の腕に自分の腕を絡めてくる。

肘に当たるのは柔らかな感触――そう、エルフは貧乳という俺の常識を軽々と破るほど、彼女の胸は大きかった。

「あー、その……男としては嬉しいけれど、ちょっと大胆すぎないか？」

「気になるの？」

「気にならないなんて言えないよ」

「ふふっ。やっぱり、スティドは貴族なのにエルフに偏見を持っていないみたいね」

「まあ、一緒に暮らしている皆で、力を合わせなければ生きていけないような貧乏貴族だったたってのもあるかもな」

「そっか。あなたの生まれ育ったところも見てみたいわね」

今向かっているのは、王都に借りている別荘のような屋敷だ。普段は父上が、政務で王都に詰めるときに使っている。

結局あのあと、俺を心配した祖父母や母上までが、家庭教師期間だけということでついてきてしまったので、実家と同じような状況になっていた。

「領地はそんなに遠くないから、興味があったらいずれ案内するよ。それよりも――」

今、俺とベルティユを見て、すごい勢いで家に入っていったのは執事のラーナだったよな。

見間違いだと思いたかったけれど――。

「ようこそ、ストード家へ。あなたを歓迎いたしますわっ」

家に入ると、祖父母と母、ラーナを始めとした使用人一同が、並んで俺たちを出迎えていた。

「……悪いな。まさかあんなことになるとは思わなかった」

いつまで経っても身を固めない俺が連れ帰った彼女の姿を見て、家族だけでなく、使用人たちまでが嫁を連れてきたと大盛り上がりだった。

ベルティユはここでも自分がエルフだと主張したのだが、そんなものは何の抑止力にもならなかったようだ。

「ふふっ。いいのよ。私も、まさかエルフを歓迎をしてもらえるとは思っていなかったわ」

「歓迎の意味合いが……だいぶ違っていたけれどな」

日も傾き、薄暗くなっていた部屋を照らすために、俺は光魔法を使った。

「わあ……！」

天井全体が光っているのを見て、ベルティユは感嘆の声を上げた。

「これも、あなたの魔法？」

「よくある光魔法を、少しアレンジしただけだよ」

光源としての魔法は、庶民の間でもよくあるものだ。

俺はさらに、明るさを無段階調整できるようにしたり、継続時間も瞬間から数時間までいじれるようにしていた。

蛍光灯などない世界の住人たちは、明るさに対する意識も単純であまり思いつかなかったらしく、家族からも驚かれたのを覚えている。そもそも、そんな微妙な魔力調整自体が難しいのだとか。

「ただのアレンジじゃないでしょう？　あなたって、私が思っていた以上にすごいわね」

「褒めすぎだよ。エルフにだって、光魔法くらいあるんじゃないのか？」

「ええ。でも、月の光を集めたような、もっと銀と青の混じった淡い色の明かりよ」

「へえ。どういう原理でそんな色になっているんだ？」

「原理？　森にいる精霊にお願いして光ってもらうのよ。森の外に出かけるときは、魔法具に入ってもらうわ。あなたの魔法は違うの？」

なるほどだ。精霊というところでもう、人間の魔法とはかなり違うらしい。

「俺のは――」

そこで少し楽しくなって、科学知識と魔法を融合させて考えだした、俺だけの理論を口にする。

「本当に変わり者なのね。どうしたらそんなことを思いつくのかしら」

「褒め言葉と思っておくよ」

「ええ。褒めているのよ。私たちのように長い時を生きるエルフならともかく、あなたのような人間がそんなこと思いつくなんて……やっぱり、外に出てきてよかったかも」

「というと……？」

「ええ。エルフ族にも、外のことをもっと知るべきだという意見が出始めているのよ。それで、希望者――私のような物好きなエルフが、こうして旅をしているというわけ」

「それも、面白そうだね。もう少し、詳しく聞いてもいいかい？」

「もちろん、かまわないわ。時間はたっぷりありそうですしね……」

話をしやすいように、俺は使用人に頼んで酒を用意してもらっていた。

領の特産品にしようと思い、実験的に造った蒸留酒だ。

まだ熟成が足りず若いままだが、彼女は大喜びでそれを口にした。

エルフなのにドワーフみたいだな、なんて思ったが、自分の作った酒を褒められ、楽しんで飲んでもらえば悪い気はしない。

酒が口を軽くしたのか、相性が良かったのか。冒険者をお互いにやっていたこともあったのだろう。気付いたときには、あっという間に数時間が経過していた。

帰ろうとするベルティユを家族や使用人が総出で引き留め、家に泊まっていくことになった。


「ふぅ……」

思わず盛り上がってしまった。

しかし、エルフの魔法はほんとうに興味深い。人間のものとは発想からして違う。

オーレリーの家庭教師が終わったら、ベルティユに紹介してもらって、エルフの里にしばらく滞在するのも面白そうだ。

そんなことを考えていると、控えめなノックの音が聞こえてきた。

「私よ。入ってもいいかしら？」

「ベルティユ？　あ、ああ。かまわないよ」

明かりの魔法を使って、部屋を照らす。

「もしかして、まくらが合わないと眠れないとか？」

美女が部屋にくるなんて初めてだ。少し気恥ずかしさもあって、そう言ってみる。

「ふふっ。私は冒険者よ。野宿をするのにも慣れているのに、寝具の違いくらいで眠れないなんてことはないわ」

「じゃあ……どうして？」

「わからない？」

ベッドに腰かけている俺の隣に、ベルティユが座った。

ふわりと、森の中にいるような香りがして、彼女を意識して胸が高鳴る。

「……とてもいい家族ね」

ぽつりと呟いた言葉には憧憬《どうけい》があった。

「ありがとう。そう言ってもらえるのは嬉しいよ」

「本心よ。だって、エルフが相手でもまったく態度が変わらなかったわ。それに、嘘をついたりもしていなかった」

「正直すぎて、ときどき困るけどな」

「困るっていうと……私に嫁にきてほしい、と言っていたこととか？」

「すまん……。悪気はないんだよ。俺を心配するあまり、あんな感じに」

「私は別に、イヤじゃないわよ？」

「え……？」

「だから、あなたさえその気なら、私は……暮らすのもイヤではないわ」

「会ったばかりなのに？」

「人間の地位や肩書きなんて、私たちには何の意味もないの。重要なのは精霊の導きと自分の気持ちよ」

「精霊の導き？」

「それもわからないのね？　あなたの周りには、たくさんの精霊たちが集まっているわ。見ていて、まぶしいくらいに。実を言うと、最初に見たときからずっと、それも気になっていたのよ」

「……自分では見えないし、まったく気付かなかったな」

「もったいないわね。こんなに綺麗なのに……」

そう言うと、ベルティユは体を寄せてくる。大きな胸が腕に押し当てられ、柔らかく形を変える。

うっすらと頬を染め、濡れた目で俺を見つめるベルティユ。

その瞳にはかすかな不安と、期待の色が滲んでいた。

あれ、これって……そういうことなのか？

「べ、ベルティユ？」

「私が相手では不満？　それとも、誰か好きな人がいるのかしら？」

「いや……。不満なんてまったくないよ。それに、好きな人は——」

そこで一瞬、オーレリー王女の顔が浮かんだ。

……って、相手は第二王女様だぞ？　俺は、何を考えているんだろう。

「ふーん……。好きと言えるほどじゃなくても、気になっている相手はいるってことかしら？」

あっさりと内心を見抜かれた。さすがエルフ。亀の甲より年の功。

「スティド、今、ものすごく失礼なことを考えたわね？」

これもまた、見抜かれたようだ。

「そ、そんなことはないって」

「……今は追及しないでおいてあげる」

「それにしてもほら、いきなり過ぎないか？」

「そうかしら？　私としては、考えた末の行動なんだけれど」

「エルフって、もっと気長な種族だと思ったんだけれど？」

「普通はそうね。でも、人間族の一生は短いわ。だから、ゆっくりしていたら、すぐにいなくなってしまうもの。だから躊躇《ためら》って後悔するくらいなら、思うままに行動したほうがいいでしょう？」

ベルティユはさらに体を寄せてくる。

「お、おい、何をするつもりだ？」

「私に不満がないのなら……その気になってもらおうと思って♪」

くすりと微笑うと、ベルティユはすらりと細長い指で俺の股間を撫でた。

なめらかですべすべとした手の感触に、俺のモノがみるみるうちに大きくなっていく。

「あら、こっちはもうその気になっているみたいね？」

嬉しそうに微笑むと、ベルティユが俺のズボンに手をかけ、器用にペニスを取り出していた。

「んふふっ。なんだかんだ言って、期待していたんでしょ？」

「……まあ、君みたいな美人に迫られたら、それが普通だろう」

「ずいぶんと口が上手いのね」

「本心だからな」

「嬉しい。お礼にたっぷり気持ちよくしてあげるわね」

「おい、ベルティユ――うくっ!?」

彼女が大胆に竿を握ったかと思うと、上下にしごいてくる。

不意に与えられた刺激を前に、ペニスが完全に勃起していた。

「ふふっ、準備完了。あとは……」

ベルティユは一旦ペニスから手を離すと、ベッドの上に立ち上がって俺の足元に移動した。

そのまま膝をつくと、ペニスに顔を近づけてくる。

「こうして近くで見ると、すごく立派ね……」

どこか興奮したような声で、ベルティユが言う。

「ベルティユ……って、うぁっ!?」

ペニスを襲った刺激に、俺は先ほど以上に大きな声を出していた。

見れば彼女が舌を伸ばし、俺のモノを舐め始めている。

「んっ、れるっ……私、テクニックには自信があるの……楽しませてあげる……れるるっ……」

「あっ、くぅっ……!」

ちろちろと舌を動かしながら、亀頭を刺激してくる。

かと思えば、まるで棒アイスを舐めるようにべったりと竿に舌をまとわりつかせてきた。

ぬるぬるとしていて熱い感触に、一気に快感が高まっていく。

「ぴちゅぴちゅ……んちゅっ、おちんちん、ぴくぴく震えて喜んでる……ふふっ……ちゅぱちゅぱ……」

ベルティユの舌から与えられるあまりの快感に、思わず声が出てしまう。

「どう？　気持ちいいでしょ？」

「あ、ああ、すごく……」

だから俺は、彼女の言葉に素直に応えていた。

こんな美人にフェラをしてもらえるのに、断るなんて男じゃない。

「よかった。続けるわね……んちゅっ、ちゅぱちゅぱ……ちゅっちゅっ……れるっ……ぴちゅぴちゅ……んちゅっ……」

彼女の唾液で、俺のペニスがべっちょりと濡れていくのがわかる。

ぬるぬるした舌が肌を這うたびに、言いようのない快感が背中を走り抜けていく。

「はぁ、すごい……本当に立派……ちゅぱちゅぱ……魔法だけじゃないのね……ちゅぱちゅぱ……ちゅちゅっ……」

「お褒めに預かり、光栄だね」

「こんな立派なの舐めていたら、私も興奮してきちゃう……ちゅぷぷっ……ちゅっ……くちゅくちゅ……」

ベルティユの舌先が亀頭の穴の部分を弄る。そうするとまるで電流のような刺激が襲ってきた。

「ふふ、ここが好きなんだ？　ん、れろ……ちゅ、れりゅっ……エッチなお汁がどんどん溢れてきてるわよ……れろ、れる……美味しい……」

ベルティユが、ペニスの先端から溢れだしたカウパー汁を美味しそうに舐め取っていく。

その姿は、なんとも言えずいやらしかった。

俺の興奮が、さらに高まっていくのがわかる。

「あんっ、嘘、まだ大きくなってる……あふっ、このチンポ、すごい……んんっ、私も体、熱くなってきて……ちゅぷぷっ。んちゅぅっ」

だんだんとベルティユの責めが激しさを増していく。

亀頭に舌をまとわりつかせ、竿を上下にねっとりと舐めしゃぶる。

自信たっぷりだっただけあって、かなりのテクニックだ。

「はあはあ、すごく気持ちいいよ、ベルティユ……」

「よかった。でも、エルフの舌は、まだまだこんなものじゃないわよ」

「えっ？」

「はぷっ……んちゅぅぅうっ！　ちゅっ、ちゅぱちゅぱ……ちゅるるっ……ちゅっ……ちゅぅぅうぅっ！」

ベルティユが亀頭を咥え込んだかと思うと、思いきり強く吸ってくる。

ただそれだけでなく、頭を上下に動かしてしごいたり、舌でねぶってきたりした。

「んふっ、ろう？　ひもひいいでほう。んちゅっ、ちゅぱちゅぱ……ちゅるるっ……ぴちゅぴちゅ……」

熱くうねる口内が、俺のモノを締めつけてくる。

確かに、先ほどまで以上の快感が襲ってきていた。

しかも、こんな美女がペニスを咥えているという光景がもう、たまらない。

そのままベルティユは容赦なく、俺のモノを責め立ててくる。

亀頭を思いきり吸われると、思わず腰が浮きそうになるほどの快感が襲ってくる。

俺はすっかり、彼女のされるがままになってしまっていた。

だが、そんなことも気にならないほどに気持ちがいい。

「ちゅぽちゅぽ……ちゅちゅっ……れるるっ……ぴちゃぴちゃ……ちゅっ……ちゅぱちゅぱ……んちゅっ……」

ぬるぬるとした感触がペニスにまとわりつき、休みなく快感を与えてくる。

「ぷぁっ……どう？　私のフェラは」

「あ、ああ、最高だよ。できれば最後まで続けてほしい」

「ふふ、ちゃんとその気になったみたいね。じゃあ、次はこっちで気持ちよくしてあげる」

ベルティユが服をまくり上げ、その大きな胸を露《あらわ》にした。

ぶるんっと勢いよく揺れたそれは、自分の存在を強く主張している。やはり、巨乳だ。

「よいしょっと……」

「くぅっ、べ、ベルティユ？」

「男の人って、おっぱいが好きでしょう？　ほらほら、嬉しい？」

そのままベルティユが、自分の両手で大きな胸を抱え上げたかと思うと、ペニスを挟み込んできた。

むっちりとした乳肉に、ペニス全体が包み込まれる。

「ふふ、私のおっぱいの中でチンポ、暴れてるね……んっ、んぅっ……んんっ……」

軽く声を上げながら、胸を上下に動かしてペニスをしごいてくる。

先ほどまでとはまた違った刺激が、快感となって襲ってきた。

「んっ、チンポ、脈打ってるのがわかる……どう？　こっちも気持ちいいでしょ？」

「ああ……たまらないよ……」

「言ったでしょ？　たっぷり気持ちよしてあげるって……ちゅっ……れるるっ……んちゅっ……」

おっぱいの間から顔を出した亀頭を、ベルティユが舌で舐める。

すでに先ほどのフェラでペニス全体が濡れているため、ぬるぬると擦れて気持ちがいい。

二つの刺激を前に、さらに快感が高まっていく。

「ぴちゃぴちゃ……スティドのチンポ、おいしい……れりゅっ……くちゅくちゅ……ちゅぷぷっ……！」

「はあはあ、しかし本当に上手だな……どこで覚えたんだ？」

「そういうこと普通、女性に聞くのかしら？」

ぎろっと、ベルティユが睨んでくる。

確かに今のは、あまりにデリカシーに欠けていた。

「まあ、スティドならいいけど……。こういうことはね、母や姉に道具を使って教えてもらうのよ。エルフ族に伝わる技みたいなものをね……。人間の貴族の『継承魔法』みたいなものかしら」

それはかなり違う気もするが……。

「そんなものがあるんだ……」

「そう、気に入った男を必ず落とすときに使うのよ……ちゅぴちゅぴ……ちゅるるっ……んちゅっ……ちゅぱちゅぱ……」

もしかしなくても、その気に入った男というのは俺のことなんだろう。

そこまで彼女に想われているというのは、正直悪い気はしなかった。

「だから覚悟していてね。ちゅぱちゅぱ……まだまだ、こんなものじゃないんだから……ちゅるるっ……！」

「そいつは怖いな……」

ベルティユから与えられる刺激を前に、背筋がぞくぞくと震える。

興奮から息が乱れ、全身に汗が浮かんでいるのが感じられた。

「例えばこんなのとか……どう？」

両側からおっぱいで、ペニスをきつく挟み込んでくる。

柔らかな弾力に包まれながらしごかれて、強い快感が襲ってきた。

「腰が跳ねそうになってるわね。そんなにいいんだ？　ほらほら♪」

ベルティユが楽しそうに胸を動かしながら、さらにペニスに刺激を与えてくる。

先っぽからは大量のカウパーが溢れだしていた。

「エッチなお汁がこんなに……もったいない……れるっ……ぴちゃぴちゃ……んちゅっ……ちゅぱちゅぱ……ちゅうぅっ」

舌をねっとりと動かしながら、カウパーを舐めとっていく。

おっぱいに挟まれながら、俺のモノがビクビクと暴れていた。

単に大きいだけでなく、柔らかな中にも確かな弾力があり、その感触は文句のつけようがなかった。

こんな美人の巨乳を思う存分味わえるなんて、俺はなんて幸せ者なんだ。

「あんっ、すっごく元気……それにとっても熱くて……んっ、おっぱい火傷しちゃいそう……ふぁっ……んちゅっ……」

再びおっぱいでしごきながら、先端を舐めてくる。

時折、先端の穴を舌先でほじくられると、頭の中が真っ白になるような快感が生まれる。

「どう？　私と結婚すれば、毎日こういうことしてあげるわよ？」

「それはかなり、魅力的な提案だな……」

「あなたのチンポもこんなに喜んでいるし、迷う必要はないでしょ？　れるるっ……れりゅっ……ちゅぱちゅぱ……」

「うくっ……しかし、そう言われてもな……」

「まだ迷っているの？　いいわ、とどめを刺してあげる」

「とどめって……」

「はぷっ……！　んちゅううぅうぅうぅうぅうぅうぅうぅっ！」

ベルティユが口いっぱいに俺のモノを咥え込んだかと思うと、物凄い勢いで吸ってきた。

いわゆるバキュームフェラというやつだ。

こんな技術まで継承されているのか？　エルフ……恐るべし……。

「じゅぽじゅぽっ、ちゅううぅうっ、んちゅっ、ちゅぱちゅぱっ、れるっ、れるるっ、れりゅっ、ちゅうぅうぅうぅうっ！」

吸うときの力加減を変えながら、ペニスに刺激を与えてくる。

俺の反応を見ているのか、一番気持ちいい吸い加減のところで固定された。

さらにそのまま頭を上下に動かしてくる。

そうすると、ペニスが喉の奥まで飲み込まれていくようだった。

「ちゅぽちゅぽっ、ちゅっ……ぴちゃぴちゃ……んちゅっ……じゅぷぷっ……ちゅううぅうっ！」

ベルティユの激しい責めを前に、限界がもう目前まで迫っていた。

あまりの快感に頭がくらくらとしてきた。

彼女がペニスを吸いながら頭を動かすたびに、いやらしい音が部屋の中に響いていく。

熱くぬめる口内でしごかれ、俺のモノが溶けてしまいそうな錯覚に陥る。

「べ、ベルティユ、俺、もう……イきそうだ」

「んんっ、ちゅぴちゅぴ……ひひよ、いっへ、んちゅっ……れるるっ……」

「口を離してくれ。でないと、そのまま出してしまう」

「きにひなひで……わはひのくちにいっぱいだひへ……んちゅっ、ちゅぱちゅぱ、ちゅううううぅうぅううっ！」

ベルティユがより深くペニスを咥え込み、絶妙の力加減で吸ってくる。

そのあまりの快感を前に、俺は抵抗することもできず達してしまっていた。

俺のペニスが暴れながら、凄まじいまでの量の精液をベルティユの口の中に吐き出す。

「んっ、んんっ、んうぅっ……んくっ、ん、んくっ、んくっ……」

彼女は喉を大きく鳴らしながら、それを飲み込んでいった。

やがて射精を終えたところで、ゆっくりと口を離す。

口の中に納まりきらなかった精液が、いやらしく糸を引きながらベッドに零れ落ちていった。

「ぷぁっ、ごちそうそうさま。量も味も文句なしだったわ」

「俺も……君の責め、最高に気持ちよかった……」

「ふふ、まさかこれで終わりだなんて言わないわよね？」

熱く潤んだ瞳で、ベルティユが俺を見つめてくる。

どうやら今のフェラで完全にスイッチが入ってしまったようだ。

「ああ、もちろん……と言いたいところだけど……」

「どうしたの？」

さっきまで行為に夢中になっていて、気付かなかった。

俺はベルティユに、ドアのほうを指し示す。

「あっ……」

そこではうちの使用人が、こちらを覗いている姿があった。

バレたことに気づくと、足音を鳴らしながら逃げていく。

「もしかして、最初から見られていたのかしら？」

「わからないが……とりあえず、残念ながら続きをするのは無理そうだ」

「そうね。でも、いいわ。チャンスはこれからもあるもの」

ベルティユが俺を見て微笑む。

その姿はぞくりとするほど美しく、俺はまた興奮しそうになってしまった。

「しばらくは、ここに厄介になってもいいでしょう？　もちろん、ただでとは言わないわ。私の知っている魔法は教えてあげる」

「ああ、かまわない。むしろ、こちらからお願いするよ」

エルフの魔法には、俺が知らないことがまだまだありそうだ。

まあ、そんなわけで。

互いに魔法を教え合うということで、ベルティユがしばらくの間、俺の家に住むことになった。

さて、これからどうなるのか……。

そんな日常の変化を、少し楽しみにしている俺がいた。

第二章　出世とかいりませんから

下級貴族出の俺がA級魔法使いに任命されたことはすぐに広まり、王都のそこかしこで話題に上るようになっていた。

オーレリーも俺をかなり信頼してくれているようで、授業にも熱心に取り組み、順調に力をつけている。

そんな功績もあってか王都の噂では、俺が父上から男爵位を継ぐときに、合わせて陞爵《しょうしゃく》させようとする動きが王城で出ているらしい。

そんな話を、面白くないと思う者も当然いる。

俺の前に、オーレリーの家庭教師をしていた侯爵親子だ。

どうやら、自分たちが王女の教育をしているときはあまり成果が出なかったのに、弱小貴族の俺が来てからみるみる成長していっていることが許せないらしい。

これは完全な逆恨みというやつだ。

そんなやつが権力を持っていれば、どうなるか？　考えるまでもなく、侯爵家の嫌がらせめいた行動はすぐに実行に移された。


「せ、先生……どうしましょう……」

「……はい？」

いつものように家庭教師のためにオーレリーの部屋へと入ると、彼女はすでに泣きそうな顔をしていた。

「いったい、どうしたんですか？」

一度自分の席に座らせ、彼女がやや落ち着いてから話を聞いてみる。

「……実はラジャブ侯爵が、魔法の勉強の成果を披露すべきだ、とお父様に……」

なるほどそうきたか……。

だが何かあるだろうとは思っていた俺は、特に焦らなかった。

今の彼女の実力からすれば、別に問題はなさそうだからだ。

「わかりました。いつの予定ですか？」

「え？　あの……大丈夫、なんでしょうか？」

あっさりと俺が受け入れたことに、オーレリーは戸惑っている。

小さな頃から、自分の能力を何度も否定されてきたからだろうか。

オーレリーはこういったことに、自信を持てないようだ。

これでは、せっかく前向きになっていたのに、また元のように俯《うつむ》いて歩くことになりかねない。

「先生……？　あの、今の私の力ではきっと……」

「大丈夫ですよ。オーレリー様はとても努力していますから。魔法だって、使える種類が増えましたし」

「それは、そうですけれど……でも私はまだ……」

まだ不安な顔でうつむいたまま、膝に置いた手をギュッと固く結んだ。

確かに、不安になるのもわかる。

この世界では、使える魔法の種類よりも、『継承魔法』の力を示すほうが効果がある。

貴族、なかでも王族としては、絶対に必要なことだからだ。

俺との勉強によって他の魔法を少しは使えるようになってきたが、まだ『継承魔法』については思った通りの威力が出せないでいる。

だから彼女は、この話に自信を持てないのだろう。

「――わかりました。では、予定よりは早いですが、そろそろ次の段階へと進みましょう」

「次の段階、ですか？」

小首を傾げ、視線で話の先を促してくる。

「ただ、その段階にいくには、しっかりとした気持ちがないといけません」

「気持ち……ですか……」

「そう。何でも気持ちは大切です。今のオーレリー様のように気が塞いだままでは、本来なら習得できるものも、上手く身につきませんよ」

「で、でも……」

「さあ顔をお上げください。下を向いたままでは何も見えません」

「……はい……」

まだ元気のない顔だったが、ようやくこちらを見てくれた。

一見して、本当に気落ちしているようだ。ここは少し元気付けてあげようと思う。

「……オーレリー様。庭をご覧になってください」

「……え？　庭ですか……？」

さすが王室の庭だ。

キレイに整備された植え込みや、手入れされた花壇がよく見える。

しかし残念ながら花の季節ではないので、やや彩りに欠ける部分があった。

「なにが見えますか？」

「え、えーと……いつもと変わらない庭が見えますけど……」

「おや？　本当にそれだけですか？」

「え？　他にも何か……」

「よくご覧になってください。きっと素敵なものが見えるはずです」

「素敵なもの？」

彼女が庭に集中している間に俺は魔法を組み、聞こえないように詠唱する。

「――春の息吹と恵みの力よ来たれ」

それはエルフでえあるベルティユに教わった、『植物育成操作』魔法だった。

「あ……お花が……」

みるみるうちに庭の花壇から芽が伸び、あっという間に一面の花が咲き乱れた。

「わあー！　すごい……とてもキレイ……」

そしてもう一つの美しい花も、俺の横で咲いてくれたようだ。

「……そう。その笑顔です」

「……え？」

「まずはきちんと笑えるように元気を出さないと。沈んだ気持ちでは次の段階にいけませんからね」

「先生……ありがとうございます」

嬉しそうにニッコリと微笑んでくれる。

よし。もう大丈夫そうだな。

「それにしても本当にすごい……さすが先生ですっ。でも、このような魔法は聞いたことがありません。もしかして『継承魔法』なんでしょうか？」

「いや、これは今、家にいるエルフに教えてもらったんですよ」

「エルフが、男爵家のお屋敷に？」

「ええ。ちょっとした縁があって、今、一緒に住んでいるんです」

「一緒に……」

なぜか俺のその言葉で表情が変わる。

（……うん？　あれ？　なんだかおかしいな……）

「……もしかしてそのエルフは、女性なんでしょうか？」

「ええ、そうです」

「……綺麗な方なんですか？」

「え？　あ、ええ。そうですね。エルフは元々、美男美女ですから」

「そうですか……ああ、そうですか……美人の、エルフさんが、先生の家で、一緒に暮らしている……ということですね」

急に笑顔の花は閉じ、不機嫌そうに頬を膨らませた。

どうやらこの花は、バラだったらしい。ものすごく言葉が刺々しくなった。

「別にわたくしが何かを言うようなことではございませんが、あまりよろしくはないのではないでしょうか？」

(うわ……口調が急に、外向けな感じになったな)

「実によろしくないです……ええ、よろしいわけがないと思うのです！」

慰めるつもりが、逆に怒らせてしまったようだ。

しかもベルティユとは、何も関係がないとは言いがたい感じのことを、すでにしてはいるわけで……。

「あ、あの……な、なんとか機嫌を直していただけないですか？」

「私は別に、不機嫌になどなっておりませんわ」

オーレリーはにっこりと笑う。

王族として必要な処世術だったのだろう。それは、明らかに作られた笑顔だ。

「わ、わかりました……俺にできることならば、何でもしますから怒りを静めてください」

「…………何でもですか？　何でもお願いを聞いてくれるのですか？」

膨らんだ頬を縮め、ちらりと俺を横目で見る。

もちろん何でもいい。真面目な彼女なら、変なことは頼まないだろうし。

「はい、俺に出来ることでしたら……」

「では……私……市井《しせい》の生活を知りたいです」

それは予想外のお願いだった。

「……私……生まれたときからずっと、この王城とわずかな場所しか知りません……。いつも眺める城下の街を、一度は自由に見て回りたかったのです！」

きっとほんとうにそれは、長年の夢だったんだろう。

目を輝かせて語るオーレリーの顔は、とても真剣だった。

「先生……できますか？」

そんなきれいな瞳でお願いされて、出来ないとは言えない。

「……いいでしょう」

「本当ですか!?　嬉しい！　それじゃ今すぐ――」

「そういう訳にはいきませんよ？」

「うっ……だって今、いいって……」

「もちろん案内することは出来ます。ですがあなたは第二王女です。何かあってからでは遅いのですよ」

「あうぅ……それでは護衛の方を連れて行くのですか？　でもそれでは自由に見て回ることなんて……」

「ですからまずは俺が、楽しく王国民の生活を見ることができる安全なルートを探しますから」

「先生が直接ですか？」

「ええ。その準備ができたら、ぜひ行きましょう」

「本当ですね？　絶対っ、絶対の約束ですよ？　いいですか？　先生っ！」

（うわ……ものすごく念を押してくるな……）

これは、約束を破ったらとんでもないことになりそうだ。

「はい。約束しますよ、オーレリー様」

「わぁ……ありがとうございます」

窓際からのそよ風に髪をなびかせ、まるで光り輝くような笑顔がそこにあった。

ああ……今日一番のきれいな花を見せてもらったかな。


「――さて、とは言ったものの、見学はどこがいいかな……」

とりあえず街に出てみたものの、実は俺もあまり詳しいところはわからない。

こういうとき、日本だと雑誌やネットチェックすれば済むのだから、こういうところはやはり不便だ。

「よっ！　そこの兄ちゃん。難しい顔してるね」

ひとりであれこれと思案しながら歩いていると、不意に声をかけられた。

その声の主を見ると、身なりがかなりみすぼらしい子供だった。

「もしかしてなにか困ってない？　俺なら役に立てるかもしれないぜ」

さすがに子供には……と一瞬思ったが、この地域で知り合いがいるわけでもない。

「……今度、人をこの街に案内しようと思うんだが、良い場所が分からなくてな」

ダメ元で事情を話してみる。

「へー、こんなところを案内ね……あ！　でもそれならちょうどいいよ！」

得意そうに鼻の下を擦るその少年は、肩にぶら下げていたズタ袋から紙のようなものを取り出した。

「それは？」

「へへん。こいつはオレがここらへんの地理をまとめたもんだよ。治安の良い道から美味しいお店まで、全部この一枚を見ればすむ。便利だって、お客さんから言われたこともあるすぐれものだよ」

「ほう……」

確かにそれは使えそうだ。

「しかもそれがたったの50ゴールド！　どうだい？　兄ちゃん、買わない？」

どうやらこの少年は、この街を訪れる客相手にこういう物を売りつけているらしい。

少し胡散臭いし高い気もするが、近所に住んでいる者のほうが色々と詳しいだろう。

「……よし、買った」

「まいど！」

金を払い少年から地図を受け取る。

なかなかしっかりと封がされている封筒のようなもの。この中に入っているようだ。

「？　結構、厳重だな……」

やや開けるのに手間取りながらようやく中身を確認する。

「……おいおい……」

取り出してみると、やはりかなり胡散臭い代物だった。

中に入っていたのは、ものすごく拙《つたな》く雑な手書きの地図。

しかも店の情報など、どこにも書いてない。

そして――少年の姿も消えている。

「……やっぱりか」

客が封筒を開けるのに手間取っている隙に、早々に逃げたのだろう。

それがあの少年のやり口らしい。

やれやれ……これは少しお灸をすえてやらないといけないな。

「……失せ物、ここに来たれ」

「ぎゃっ!?」

予め密かにマーキングしていた魔法を発動させると、あっさりと少年は俺の目の前に現れた。

「……で？　これのどこが優れものだって？」

「あ、あわわ……な、なんで……」

俺は少年に、じっくりとお説教をしてやることにした。

しかし……。

「あら……マイクなの？」

「あ……マエリス姉さん」

文句を言おうと口を開きかけたところで、ひとりの女性が少年の名前を呼んだ。

「もしかして、こいつの保護者か？」

「あ……そ、そうです……」

よし。それなら話が早い。

「あの……何かこの子が？」

「実はな……」

そこから事の顚末を説明し、どうしてこんなことをするのか事情を聞くことにした。

彼女はマエリスといい、このマイクと共に近所の孤児院で暮らしているらしい。

ただその孤児院は貧しく、食べるものも多いわけではない。

自分の弟妹たちに少しでもよいものを食わせたいという願いから、マイクは金を稼ごうと、こんな詐欺をまがいのことをしていたらしい。

「マイク！　なんてことしてるの！」

鈍い鉄拳が少年の頭に落ちた。

……久しぶりに見たな。こういう叱り方。

「痛っ！　う、ううぅ……ごめんなさい……」

「ゴメンじゃすまないでしょ！　あなた、この人が誰だか分かってるの？　貴族様なのよっ！」

「えっ!?　そ、それじゃ……」

マイク少年の顔色が、サーと変わっていくのがわかった。

どうやら事の重大さに、ようやく気付いたらしい。

たとえ低位の男爵であっても、貴族相手にこういうことをすれば、本人だけではなく親族郎党が巻きこまれることも珍しくない。

「き、貴族様……今、孤児院で病気になった子が多くて……みんなのためにしたことなんですっ」

マエリスは涙ながらに訴えてきた。

これも詐欺のシナリオの一つなんじゃないか？

そんな考えが頭をよぎったが、ふたりとも体を震わせてかなり怯えているみたいなので、それはなさそうだ。

「病気であることは同情するけどな。だからといって、何をしてもいいというわけではないだろう？」

「お、おっしゃる通りです。ですので、私はどのような罰でもお受けいたします。でもお願いしますっ、せめてこの子だけは……！」

「マエリス姉さんっ。ダメだっ。悪いのはオレなんだっ。貴族様、オレは何をされてもいいから、姉さんには何もしないでくれっ」

こうなるとなんだか、自分がものすごい悪徳貴族にでもなった気分だ。

「……いや。反省してくれれば、それでいい。別にそれ以上、何かを求めるつもりはない」

「本当かっ!?　いえ、あの、本当、なんですか？　貴族様の兄ちゃん!?」

「ああ。まあ今後はするなよ。特に貴族相手にはな？」

反省もしただろうし、このマエリスがいれば問題ないだろう。

軽くマイクの頭をグシャグシャに撫でて、お説教を終えることにした。

「さて……じゃあ、行くか」

「え？　どちらへですか？」

「決まっているだろ？　孤児院だよ。俺はこう見えて回復魔法も使えるし、子供は嫌いじゃないんだよ」

そう言って笑いかけた。


「――え、えっと……ほんとに許してくれるんだよね？　じゃなくて、ゆ、許してくれるんですよね？　貴族様……」

孤児院に行く道すがら、マイクはまだ不安そうな目でおずおずと俺を見上げる。

どうやら俺が、罰として孤児院を潰そうとしているように見えるらしい。

「こ、こらっ、さっきも言ってくださったでしょ？　病気を治してくださるのよ」

「で、でも……」

「安心しろ。ちゃんと金も返してもらったし、マエリスのゲンコツでさっきのはチャラだ。結構痛かっただろう？」

「うん、すげー……じゃ、じゃなくて、はい、そうです……」

「いつも通りでいいよ。丁寧な口調で話されると、背中がムズムズするしな」

「あ……わ、わかった……じゃあよろしく、スティド兄さん」

「おう。それでいい」

また頭に手を置いて乱暴に撫でてやると、くすぐったそうに首をすくめる。

「マエリスも、そうしてくれ」

「で、でも……」

「そうしないなら——」

「どう、するんですか？」

警戒したような顔をする。

「わたくしも、これからはあなたのことをマエリス様と呼ばせていただき、このように話させてもらうことになります」

「やめてくださ……やめて。貴族にそんなふうに話されたら落ち着かないわ」

「そうそう、そんな感じで頼むよ」

「本当、ストード様って——」

「マエリス様、名前で呼んでいたけますでしょうか？」

にっこりと笑いかけると、マエリスは苦笑する。

「スティド兄さんって、変わっているわね」

軽い仕返しなのか、マイクと同じように俺のことを「兄さん」と呼ぶ。

……可愛い子にそう呼ばれるのは悪くないけど。

「俺は、のんびりまったり幸せに過ごせればいいんだよ。権力とか、そういうのには興味ないしな」

「ふふっ。そうなのね」

年の頃は同じくらい――いや、内面を考えると、俺のほうが圧倒的に上のはず。

だけど、どうにも年下扱いされている感じが拭えないのは孤児たちの面倒をよく見ているからなんだろう。

それから俺は子供たちを回復魔法で治療し、そのお礼にと食事に招待されて、慎ましやかな夕食の一時《ひととき》を過ごしてから帰ったのだった。


そんな経緯もあり、俺は仲良くなった孤児たちの様子を見るため、ちょこちょこと顔を出すようになった。回復魔法で癒したこともあり、少し情が湧いたというか、責任感みたいなものもある。

生活は苦しそうではあるが『寄付』があることなどから、他の孤児院に比べると、どうにかやりとりできているようだ。

「その『寄付』は実は、街に近頃出ている義賊からのものなんですよ」

老齢にさしかかった孤児院の院長が、少し申し訳なさそうに教えてくれた。

その義賊の話は俺も聞いたことがあった。

なんでも盗みを働くのは悪徳貴族や悪徳商人からのみ。その盗み出した金を貧しい人々や困っている人に配ったりしているらしい。

そして毎回必ず、孤児院に寄付をしてくれているようだ。

なので王都の平民たちからはありがたがられ、一部からは人気者扱いまでされている。

確かに盗むことは悪い。

だがそれよりも、もっと悪いことをしている貴族や商人も多い。

俺は貧乏とはいえ一応は貴族なので、おおっぴらには応援できないが、個人的にはがんばってもらいたい。

特に、俺の障害になりそうな貴族からはたんまりと……。

そんなことを考えていたら、偶然にもその義賊が王都でも有名な『悪徳貴族』の一つ、ラジャブ侯爵家に盗みに入ったとの話が入ってきた。

そう、俺も迷惑を受けているあの侯爵だ。

ただ、さすがに上位貴族をやっているだけのことはある。ラジャブ侯爵は事前に情報を掴み、罠を張っていたらしい。

そこに飛び込んでしまった義賊は、捕り物で負傷したそうだ。

それでもどうにか脱出することができたようで、いまだに捕まってはいないらしい。

「――そんなことがあったらしいよ」

「へー……義賊さん、大丈夫かな……」

「怪我、早くよくなってほしいなぁ……」

孤児院に遊びに行き、まだ庶民には流れていない話を聞かせてやると、子供たちは心配そうな顔を浮かべていた。

「大丈夫さ。今までだって捕まらなかったんだから。きっと怪我を治してまた復活してくれるよ。そうだろう？　マエリス」

「……え？　あ、そうね……」

沈んだ空気を少し変えようと彼女に話をふったが、なんだか顔色が悪い。

「どうしたんだ？」

「い、いえ、ちょっと……」

「マエリス姉ちゃん、怪我したんだって」

「……え？　どこだ？　見せてごらんよ」

「あ、べ、別に大丈夫だから……」

「いいから、ほら。魔法で回復するから」

ますます調子が悪そうにしているマエリスをやや強引に寝かせると、恥ずかしそうに服をたくし上げる。

その傷は、脇腹に一つ。

あまり深くはないようだが、まだ少し血が滲んでいた。

「に、庭に生えている木の実を取ろうとしたらハシゴが倒れて……。ちょうどそこは塀の上の……

柵の尖った部分だったからその……」

とくに理由を聞いたわけではないが、俺の探るような目が気になったのだろう。

マエリスが、自分から語り始めた。

「ふーん……そうか……」

柵にしては、かなり鋭い刺し傷だ。

確認するまでもなく嘘だと分かるが、なにか事情がありそうだ。

それに今日はこれから、王女様の家庭教師の仕事もある。

化膿はしてないようだし、回復魔法を使っておけばとりあえずは大丈夫だろう。

「……よし。とりあえずこれで傷口は塞がった。でもまだ少しの間は安静にしているんだぞ？　その果物とやらは、あとで取るのを手伝ってやるからさ」

「あ、ありがとう……スティド兄さん」

取り合えずそういうことにしておき、みんなと別れていつも通り王城へと向かった。


「——いや、あれは確実に致命傷でしたな！」

王城につくと、そんな話をしている集団とすれ違った。

その中心に居たのは、噂のラジャブ侯爵だった。どうやら周りのは取り巻きは、同じ悪徳貴族や悪徳商人たちのようだ。

多分、今回の一件を報告しに来たのだろう。

元々、自分たちに敵対する『義賊』の存在を不快に思っていただろう連中だ。

「そして、この私が一太刀浴びせたのです！」

「おー！　さすがですな」

ウソかホントか分からないが、自慢げに話すラジャブ侯爵にとっては特に気持ちよかったことだろう。

でも実際、今回のことでだいぶ包囲網が縮み、『犯人』は追い詰められてきていると思う。

義賊とやらは、気をつけたほうがいいだろうな……。

教師の仕事を終えた俺は、少し遅くなったがまた孤児院へと向かうことにした。


「――いたぞ！」

「そっちへ逃げた！」

だがその道の途中、複数の男たちに追われるようにして逃げる女性を見つけた。

「あれは……？」

暗がりの中で一瞬しか見えなかったが、たぶんマエリスだ。

困ったことだが、予想どおりということか。

「あっ……まずい！」

その道を行けば、そこは袋小路だ。

土地勘があるはずの彼女がそんなミスを犯すのは、よっぽど焦っているからだろう。

俺は、とっさに魔法を発動させる。

「なっ!? おいっ、今あっちに行かなかったか？」

「本当か？」

「おい、こっちだ。いたぞ！ こっちに逃げたぞ！」

とっさの試みだったが、上手く発動できたらしい。

最初にマエリスが逃げ込んだ道と反対の方向に、幻影で彼女のシルエットを映し出してみた。

そこにさらに、適当に作った幻の衛兵を投影することで、本物の衛兵たちを誘導する。

これでしばらくは、あの影を追ってくれることだろう。

「大丈夫か？」

袋小路の隅で小さくなっている女性を見つけ、小さく声をかける。

それなりの変装ではあるが、間違いなく彼女だろう。

「あ……スティド……」

ゆっくりと上げられた顔はやはり、よく知るマエリスだった。

だがその顔色はとても悪い。

「だから安静にしてろって言ったんだ……」

「な、なんであなたが……」

「色々聞きたいことがあるが、ここで長話をしているわけにはいかないか。とりあえず、こっちだ」

思ったよりも軽かった彼女を抱えると、身体強化を使って家々の屋根から屋根を伝って移動する。

さすがに、のんびり歩いて帰るわけにはいかないからな。

そうして誰にも見つからずに移動して、ひとまずは俺の自宅へと匿《かくま》うことにした。


「——やっぱり傷口が開いてる。なんでこんな無茶したんだ？」

「……あ、あの子たちが『義賊』のことを心配していたから……だからほんの少しだけ……ちゃんと活躍しているって噂が流れれば、安心すると思って」

空いている部屋のベッドへ横たえ、もう一度回復魔法で治療している俺に、マエリスはそう小さい声で答える。

「昨日の騒ぎで警戒が強化されたんだろうさ。もう少し早く、教えに行けばよかったんだけどな」

「やっぱり……あなたにはバレていたのね」

「ははっ。あんなウソじゃ、すぐわかるって」

「急に考えたんだから、仕方ないじゃない……」

恥ずかしそうに顔を背ける。

侯爵たちは仕留めたかのような口ぶりだったが、もともとそれほどの深手ではない。

傷口はもう完全に塞げたので、無茶をしなければいずれ良くなるだろう。

「……で？　事情を説明してくれるよな？」

「……私……あそこの孤児院に引き取られる前は……元々は違う家で暮らしていたの」

ぽつりとマエリスはそう言って、今までのことを話しだしてくれた。

この街に来る前は、そこそこ裕福な家で両親と共に暮らしていたらしい。

だが彼女の母親の美貌に目をつけた悪徳貴族が、商人を利用して手籠めにしようと計画し、一家は罠にはめられたそうだ。

そのとき、父親は妻を守って死亡。

その母親もマエリスを守るために一緒に逃亡し、その途中で亡くなったそうだ。

それからは天涯孤独となって今の孤児院に拾われ、恩返しとして、院存続のために『義賊』をしていたらしい。

「だから、貴族と商人からだけしか盗らなかったのか」

「あのときのこと……忘れられない。だから、貴族たちに復讐しているつもりだったの」

そう言った彼女の目には、いまだ激しい怒りの色が見えた。

まだあまり長い付き合いではないが、そんな怖い顔をするマエリスは初めてだ。

「俺も貴族のひとりだけど、どうする?」

「……私のこと、やつらに差し出す?」

「俺は、そんなことはしないよ。黙っていると約束する。でもそれを信じられるかどうかはキミ次第だけどね」

家族を崩壊させた貴族への恨みは、計り知れないものがあるに違いない。

その貴族の俺を、すぐに信頼できるわけはない。

そう思ったのだが。

「信じるわ」

「………………え？」

だが彼女はあっさりとそう言ったので、逆に俺のほうが驚いた。

「なんで？」

「あなたは子供たちのために色々してくれたわ。それに、今もこうして私を助けてくれた。お屋敷なんかに連れ込んだら、あなたにも危険があるはずなのに……。スティド兄さんはきっと、私の知っている『貴族』とは違うんだと思う……から」

「……そうか。ありがとう」

確かに、あんな連中と一緒にはされたくない。

「それと、もう一つ理由があるの……」

「もう一つの理由？」

「私が、あなたに惹かれているから……」

驚いている俺の唇に、柔らかく温かな感触が。

気付けば目の焦点が合わないほど近くに、マエリスの顔があった。

まるで俺の唇を貪るかのように味わうと、名残惜しそうにその唇を離した。

「いきなりこんなことをして、はしたない女だと思う？　でも、私にはこんなことぐらいしかできないの。男の人にお礼をすること……気持ちの伝え方……ほかにわからないから……」

「マエリス……」

彼女の瞳は悲しげに揺れ、その肩は小さく震えていた。

こんなにもか弱げな少女が、孤児院のために今まで、たったひとりで頑張ってきたのだ。

その辛さはいかほどであっただろうか。

天涯孤独、だれからも支えられることなく、貴族社会と戦ってきたんだ。

俺はそんな彼女の肩にそっと手を置いた。

「お願い……今夜だけでもいいの。私にあなたのことを感じさせて……」

「ああ、わかった」

今のマエリスに俺がしてやれることも、それぐらいしか思い浮かばなかったから。

「じゃあ、私がスティド兄さんのこと、気持ちよくしてあげるね」

楽しそうに言うと、マエリスが大胆に胸を突き出してきた。

「おおっ……！」

ぶるんと揺れる大きな胸に、思わず声が出てしまう。

「これはまた、立派だな」

「あんまり見られると、さすがに照れちゃうね……」

マエリスがほんのりと頬を赤く染める。

その様子が、何とも可愛らしい。

「ちょっと、触ってみてもいいか？」

「え、う、うん、いいわよ」

彼女からの許しが出たところで、俺はその大きな胸に手を伸ばす。

まず指先が触れ、それから手のひらが柔らかな弾力の中に埋まっていった。

「すごく柔らかいな……」

「あんっ、もう、スティド兄さん、手つきがエッチだよ」

甘く声を震わせながら、マエリスが言う。

俺は彼女の豊満な乳房を、じっくりと味わうように揉んでいく。

「んっ、んぁっ、あんっ、くすぐったい……んんっ……」

マエリスの胸が手の動きにあわせて、面白いように形を変える。

それはずっしりとして重く、確かな存在感を放っていた。

肌はすべすべとしていてなめらかで、指先に吸いついてくるかのようだ。

「これは、本当に素晴らしいおっぱいだな」

「もう、揉みすぎだよ……あっ、やんっ、あ、あふっ、あ、あんっ……！」

円を描くように揉みながら、手のひらで乳首を転がして刺激を与えていく。

最初はくすぐったがっていたマエリスの声に艶《つや》が混ざり始めた。

「ふぁっ、ん、んくっ、乳首、こりこりってしちゃ……やんっ、ん、んぅっ、ん、んくぅっ」

俺の手の動きにあわせて、マエリスが敏感に反応を返す。

これはなかなかの感度だ。興奮してきたらしく、手に触れた肌が熱くなっていく。

「あふっ、やぁっ、それ、ぐにぐにしちゃだめっ、ひゃんっ、乳首、びりびりってする……あんっ、あっあ、あふっ、あぁっ！」

すっかり充血してぴんと張り詰めている乳首をつまんだり、指の腹で押しつぶすようにして刺激を与えてやる。

びくびくっと、マエリスが大きく体を震わせた。

その反応を見ていたら、俺もどんどん興奮してきてしまった。

「はあはあ、もう、スティド兄さん、おっぱいは終わり！」

「ええっ、まだ揉み足りないんだけど？」

「また後でさせてあげるから。それより今日は私が気持ちよくしてあげるって言ったでしょ」

確かにそんなことを言っていた気がする。

「えいっ！」

「わっ!?」

そんなことを考えていると、ベッドの上に押し倒されてしまった。

「そのままじっとしててね」

マエリスはそう言って、俺の下半身の位置へと移動する。

ズボンをごそごそ弄り始めたかと思うと、ペニスを取り出していた。

「あはっ、もう大きくなってる。私の胸を揉んで興奮してたんだ？」

「そりゃ、当たり前だろう」

男なら自然な反応だ。あんなことをして興奮しないはずがない。

「嬉しい♪　いっぱい気持ちよくしてあげるからね」

吐息が触れるほど近く、勃起した俺のペニスに顔を近づける。

そのまま大きく舌を突き出して、竿の部分を舐め始めた。

「ぺろっ……んちゅっ……れるるっ……れるっ……ぴちゅぴちゅ……んちゅっ……ぺろぺろ……」

「お、おおっ……」

ぬるりとした感触が俺のペニスにまとわりついてくる。

フェラをされるのは初めてではないが、やはりこれは気持ちいい。

「ちゅちゅっ……んちゅっ、これが、おちんちんの味……変な味……でも、嫌いじゃないかも……ぴちゅぴちゅ……」

どこか感心したように言いながら、マエリスがペニスを舐めまわす。

彼女の唾液によって俺のモノがべとべとに濡れていた。

それを潤滑油にしながら、手で掴むとしごいてくる。

「どう？　これ、気持ちいい？」

「ああ、すごくいいよ。どこでこんなことを覚えてくるんだ？」

まさかベルティユのように、テクニックが孤児院で継承されているわけでもあるまいし……。

俺のそんな疑問にマエリスがにこっと笑って答える。

「ふふ、本で読んだり、人から聞いたり……女の子だって、エッチなことには興味があるのよ」

「な、なるほど……」

女の子本人の口からそんなことを聞くと、余計興奮してしまう。

とはいえ経験不足により、まだまだ舌の動きはぎこちない。

だが、それはそれで必死にやってくれている良さがあった。

「んちゅっ、スティド兄さんのおちんちん、ぴくぴく震えててなんだか可愛い……ちゅっ、ちゅるるっ……ぴちゃぴちゃ……」

「マエリス、もっと先っぽも舐めたり、口に咥えて吸ってみたりしてくれるか？」

「れるるっ……ん、わかった、こう？　ぴちゅぴちゅ……はぷっ……ちゅうぅっ……ちゅくちゅく……ちゅぷぷっ」

「くぅっ、そ、そうだ、いいぞ、上手だ」

「本当？　えへへ、嬉しいな。れるるっ……ちゅぱちゅぱ……ちゅちゅっ……ぴちゅぴちゅ……んちゅうっ……ちゅるるっ……！」

俺に褒められたことで気をよくしたのか、マエリスの舌使いが大胆さを増していく。

普段は子供たちの面倒を見ている頼れるお姉さんが、いま夢中になってペニスを舐めている。

そんな姿を見られるのは自分だけだということに、酷い興奮を覚えてしまう。

「んっ、先っぽから、なんだかお汁が出てきた……ちゅっ、変わった味……ちゅぱちゅぱ……」

カウパー汁を舐めとるように、マエリスが舌を動かしていく。

時折、舌先が弱い部分に当たり、腰が浮きそうなほどの快感を与えてきた。

「はあはあ、なんだかまだ大きくなってるみたい……ぴちゃぴちゃ……んちゅっ……ちゅるるっ……くちゅくちゅ……」

興奮によるものだろう。マエリスの口の中もすっかり熱くなっていた。

その熱《ねつ》さえも刺激に変わり、俺により強い快感を与えてくる。

「ふふ、まだまだこれだけじゃないんだから。んしょっと……」

「マエリス？　うくっ……！」

むっちりと柔らかな感触が、ペニス全体を包み込んできた。

見ればマエリスがその大きな胸の間に、俺のモノを挟み込んでいたのだ。

なるほど、これがしたくてさっきから胸を主張していたのか……。

などと納得していると、胸を使ってペニスをしごきはじめる。

「くっ……」

「どう？　こうされるのって気持ちいいんでしょ？　男の人っておっぱいが好きだものね」

「あ、ああ、たまらないよ」

ベルティユも同じようなことを言っていた気がする。

情けないながらも、世の女性たちに男は、そういうふうに認識されているのかもしれない。

だがそれは間違っていないと言っていいだろう。

俺のペニスも、しっかりと喜んでしまっている。

「あは、おっぱいの中ですごく暴れてる……それに、熱くて硬くて……なんだか、私までドキドキしてきちゃう……」

うっとりとした表情で言いながら、マエリスがおっぱいでペニスをしごいていく。

彼女の唾液と俺のカウパーでぬるぬるになったペニスが、その谷間で大きく暴れていた。

それを逃すまいとするかのように、さらに強く挟み込んでくる。

むっちりとしたおっぱいの弾力がたまらない。

「ほら、良い子だから大人しくして……んんっ、あんっ……。ドクドクって脈打ってるの、わかる……すごく逞しい感じ」

「マエリスの胸があまりに気持ちよすぎてね。いつもより元気になっているみたいだ」

「んっ、スティド兄さんって、私が思っていたよりエッチかも……あんっ」

「こんな立派な胸を前にしたら、男は誰だってこうなるよ」

「褒められてる……のかな？」

「もちろんだよ」

首を傾げつつも、マエリスはおっぱいで奉仕を続ける。

根本の部分でぎゅっと強く挟まれ、そのまま上におっぱいを動かされると精液が絞り出されそうになる。

「んんっ、さっきより気持ちよさそうで、お汁いっぱい出てきてる……はふっ、私のおっぱい、ぬるぬるになっちゃう……」

興奮した様子でマエリスが言う。

確かにペニスの先端からカウパーが溢れだし、彼女のおっぱいをべっとりと汚していた。

「はあはあ、なんだかもったいない……れるっ……んっ、んちゅっ……」

「うおぉっ……！」

俺が何も言わずとも、マエリスがペニスの先端を舐め始める。

そうしながら、竿の部分をおっぱいでしごいてきた。

ベルティユにされたときに勝るとも劣らない気持ちよさだ。

「んちゅっ、ちゅちゅっ……変な味だけど、これも嫌いじゃないかも……れるるっ……ぴちゅぴちゅ……ちゅぷぷっ……」

カウパーを舐めとろうとしているからか、先端の穴の部分を舌先でぐりぐりしてくる。

そうするとまるで、電流のような強い刺激が全身を走り抜けていく。

その快感で全身に汗が浮かぶのが分かった。

「はぷっ、んちゅっ、ちゅぱちゅぱ、んちゅっ、おちんちん、さっきよりぴくぴくしてる……れるっ、れるるっ……」

「マエリスにしてもらって喜んでるんだよ」

「あは、可愛い……ぴちゃぴちゃ、ちゅっ、んちゅっ、ちゅぷぷっ、くちゅくちゅ……んちゅっ、ちゅちゅっ」

どんどんマエリスの責めが激しさを増していく。

俺の反応を見ているのか、的確に弱いポイントを突いてくる。

そのたびに、快感が高まっていくのが分かった。

「んちゅっ、咥えて吸うのも気持ちいいんだっけ？　はぷっ、んちゅっ、ちゅうぅうっ、ちゅっ、ちゅぱちゅぱ、ちゅううぅっ！」

「くうぅっ、そ、それ、よすぎる……！」

先っぽを丁寧に咥えながら、一気に強く吸う。

それだけでなく、おっぱいでペニスをしごくのも忘れない。

時に強く吸い、時に亀頭に舌をまとわりつかせてくる。

この短時間で信じられないぐらいに、フェラが上達している。

俺のペニスはすでに痛いほど張り詰め、限界がすぐそこまで迫っていた。

ビクビクと暴れる俺のモノを、逃すまいとするかのようにおっぱいで圧迫してくる。

そのむちむちとした弾力がまた、たまらない快感を与えてきた。

「んくっ、んちゅっ、ちゅぱちゅぱ、ちゅうぅっ……この味、クセになりそう……れりゅりゅっ……くちゅくちゅ……」

舌と口を使って、ねぶるように亀頭を責め立ててくる。

同時におっぱいで竿を挟み込み、上下に動かしながら絶え間なく刺激を与えてきた。

すっかりこの行為に夢中になったように、ひたすら俺のモノを責め立てていた。

唾液とカウパーで自分の胸が汚れることも気にせず、その動きはさらに激しくなっていく。

「ちゅぱちゅぱっ、ちゅるるっ……先っぽ膨らんできたわよ……もしかして射精しそうなの？　んちゅっ、ぴちゅぴちゅ」

「あ、ああ、マエリスのおっぱいと口がよすぎて、そろそろ出そうだ」

「んちゅっ、んっ、精液出すところ見せて……兄さん……ちゅるるっ……じゅぷぷ……ちゅっ、ちゅちゅっ、ちゅうぅっ！」

「ぐっ……！」

俺の言葉を聞いて、マエリスがこれでもかとペニスを責め立ててくる。

あまりの快感に、頭がくらくらしてきた。

心臓がうるさいほどに騒ぎ、全身が燃えるように熱い。

もうこれ以上耐えるのは無理そうだった。

「マ、マエリス、出る……出るよっ！」

「ちゅっちゅっ、ぴちゅぴちゅ……ちゅるるっ……ちゅっ……んちゅっ……ちゅっ、ちゅくちゅく……ちゅううぅうぅっ！」

マエリスが激しくおっぱいで竿をしごきあげ、そしてとどめとばかりに先端を強く吸い上げた。

その瞬間、溜まりに溜まった快感が一気に爆発する。

「うあぁっ！」

「んんっ!?　ふあぁあっ、あっあ、あんっ、あ、あっ、あぁっ、すごい、こんなにいっぱい……これが精液……」

射精の勢いで、マエリスの口からペニスが離れてしまう。

そのまま彼女の胸の中で、勢いよく精液を吐き出していく。

「あんっ、熱い……変な匂いに、変な味……んんっ、でも、なんだかとっても興奮しちゃう……」

うっとりとしたように俺の精液を浴びるマエリス。

やがてペニスが小さく震えながら動きを止めると、やっと長い射精が終わった。

「ふぅ、すごくよかったよ、マエリス」

「うん、私も嬉しい。でも、まだこれで終わりじゃないでしょ？」

熱のこもった瞳で俺を見つめてくる。

もちろん、それがどういう意味なのかは理解できる。

そして俺も、それを断るつもりはもうなかった。

「今度は、私のことも気持ちよくしてくれるわよね？」

「ああ、もちろん」

マエリスの言葉に頷く。そして、彼女の体に手を伸ばして——。

「いま帰ったわよー」

玄関先だろうか、ベルティユの声が聞こえてきた。

「わっ!?　家の人？」

「あ、ああ、残念だけど今はここまでだな」

「大変、すぐ身支度を……」

こんなところをベルティユに見られたらまずい。

いや、彼女なら許してくれる気もするが……って、そんな訳にはいかないだろう。

そのあと、俺たちは大慌てで先ほどまでの行為の後片付けをすることになった。

しかし、マエリスのことをどう説明したものかなぁ……。


「オーレリー様、集中力が切れていますよ？」

「あ……申し訳ありません」

どうも今日は、心ここにあらずという状態のようだ。

原因は多分、授業の成果を王の前で披露する日が近づき、自分が継承魔法をみんなに見せることへの不安を、抑え切れないのだろう。

「うぅ……。どうしましょう……もう時間がないのに……」

気持ちはわかるが、この状態では何も頭に入らないだろう。

少し息抜きが必要だ。

「そんな様子では、授業になりませんね」

「申し訳ありません……先生……」

「ええ。ですから今日の授業はもう終わりです」

「そ、そんなっ」

「その代わり、この服に着替えてもらえますか？」

俺はあらかじめ用意しておいた服を取り出し、彼女に手渡した。


今日は快晴。

王国の上空は、どこまでも青く広がっていて太陽が近い。

それもそのはずだ。

実際に今、俺たちは空の上にいるのだから。

「わっ、わわっ!?　せ、先生っ！　た、高いですっ、高すぎますーーっ！」

「大丈夫ですよ。ちゃんと俺に掴まっていてくれれば落ちませんから」

息抜きのちょうどいい機会なので、以前に交わした、街に出るという約束を実行することにしたのだ。

もちろん彼女には、変装のため、庶民の服に着替えてもらって。

しかし、城の門からは簡単に抜け出せるわけがない。

だったら空から行けばいいと、魔法を使ってふたりで空中遊泳を愉しんでいるところだ。

ちなみに空を飛ぶ魔法は、俺以外には現在はすっかり失われている。

しかし、日本での教育を受けていた俺にとっては、空を飛ぶイメージはそれほど特別な発想ではない。そのために魔法をどう応用すればいいかは、苦労こそしたが、問題なく成功できた。

文献で見た古い魔法の復活——いや、やっぱりこの飛び方は俺のオリジナルというほうが近いか——

に成功したことは、彼女以外にはまだ秘密だ。

もし知られていたならば、きっとこんなふうに秘密の飛行を愉しむことはできなかっただろう。

「本当に大丈夫なんですよねっ!? 先生を信頼して……うぅっ!? や、やっぱり高すぎます～～っ！」

どうやら愉しんでいるのは俺だけみたいだ。

そんなわけで、こっそりと王城の外へ出ることができ、約束していた散策をすることになった。

事前に下調べした安全なルートを巡り、マエリスのオススメ料理屋などにも寄って、楽しいひと時を過ごすことが出来た。

ストレスが抜けたのか、自然と彼女の顔にも笑顔が戻っていく。

全て順調にいっていたのだが、途中でフードをかぶった女性に声をかけられてしまった。

「あら、スティド？」

「え……ベルティユ？」

「こんな所で何して……って、隣にいるのは第二王女のオーレリー様じゃないの？」

「なっ!?」

ベルティユは、あっさりとオーレリーの変装を見抜いた。

さすがはエルフ。いや、ベルティユが鋭いだけなのか？

というか、さすがに正式な面識はないはずだから、どこかで王女を見たことがあるのだろうか。

「こ、これには深い事情があって――」

とりあえず落ち着いた場所で、お茶を飲みながら説明することにした。

「そういうことだったのね。でも、まさかスティドが王女様の家庭教師をしているとは思わなかったわ。ときどき城に出かけるのは、そういう事だったのね」

ベルティユは、かなり驚いているみたいだった。

まあ無理もない。

俺のような下級貴族が、そんな重要な役職についていることは不思議だろう。

「……私もこの方が噂のエルフさんだとは思いませんでした。やはり先生がおっしゃっていたとおりの、とーってもお美しい方ですねっ。ねえ、スティド先生」

「あ……そ、そうですね……」

そして、なぜかオーレリーは妙によそよそしい態度になっているし、言葉の節々にも思いっきり棘がある。

まだ誤解しているようだ……いや、そう言い切れない部分も多々あるけれど。

「あら、ありがとうございます。オーレリー様」

それを知ってか知らずか、ベルティユは満面の笑みで返すのだった。


「……ふぅ……なんだか肩が凝ったな……」

あの後は三人で散策を続け、そろそろオーレリーの不在がバレそうな時間となったので、彼女を城の自室まで送り届けて帰路についた。

途中まではよかったが、どうもベルティユと一緒に回り始めたときから妙に疲れた気がする。

時折、突き刺すようなオーレリーの視線が痛かったせいだろう。

しかもそれをますます煽《あお》るように、ベルティユが俺に絡んでくるから余計に疲れてしまった。

「お疲れね。じゃあ、肩をもんであげましょうか？」

「……その前に、なんで俺の部屋にベルティユがいるのかの説明を求めたいところだけどな」

「待っててあげただけじゃない。きっとお疲れじゃないかなってね」

なぜか今日の一番のトラブルメーカーが、俺の部屋に、しかもベッドに座ってくつろいでいた。

「……そこまで疲れてないから、いいよ」

「へー。でもあんな素敵な王女様と一緒にイチャイチャしていたら、普段からお城でも色々と大変じゃないかと思ったんだけれど？」

どうやらベルティユには、完全にデートのように見えたらしい。

「俺は彼女の家庭教師。あくまでもその立場を崩すつもりはないぞ」

「そうあなたが思ってても、相手が思ってなかったら？」

「そ、それは……」

「それに気持ちではそうかもしれないけど、スティドだって若い男子じゃない？　体は求めようとするでしょ……ほら」

「ぬあっ!? ちょっ、ちょっと待てってって……」

まるで蛇のように妖しく体にまとわりついたベルティユは、その右手で俺の股間を擦りながら顔を寄せてきた。

「ん……ちゅ、んふっ」

唇が重なり、にゅるりと俺の口内へと入ってきた舌を絡めてくる。

ぬるついた舌が擦れあうたびに、ぞくぞくとするような刺激が襲ってきた。

そうやってキスをしつつ、俺はベルティユの胸に手を伸ばす。

「あん、スティドったら、エッチなんだから……」

「この後のために、しっかりと準備をしておかないとだろ?」

せっかくするなら、お互いに楽しめたほうがいい。

再び唇を重ねると、より激しく舌を絡めつつ、胸を愛撫する。

服の上からでも十分すぎるほど、ベルティユのおっぱいは柔らかい。

手のひらで面白いように形が変わるのを感じながら、強弱をつけて揉んでいく。

何度もそれを繰り返していると、手のひらに硬いものが当たるのがわかった。

勃起しつつある乳首を、指ではじくように刺激してやる。

「あんっ! やっ、そ、それ……んんっ……」

ベルティユの反応に気をよくして、俺は続けて乳房とその先端を責めていく。

「ふぁっ、あっあ、あくっ、あ、あんっ、やんっ、クリクリしないでっ……ひうぅっ、もう、乳首ぱっかり……んっ、んんっ、んむぅっ！」

彼女の口をふさぐように再びキスをする。

そうして舌を絡め合いながら、さらに乳首を責め立てていく。

服の上からでも十分に、充血して硬くなっているのがわかった。

指先でつまんで引っ張ってやると、ベルティユが大きく体を震わせる。

そうして何度も乳首を責め立てていると、膝ががくがくと震え始めた。

「んむぅっ、んっん、ん、んくっ、ん、んぅぅうっ！」

軽く達したのか、ベルティユは痙攣したように体を震わせる。

「はあはあっ……あふっ、あ、あんっ……」

すっかり感じいっているようで、とろりとした顔をして、太ももには愛液が伝っていた。

「……よくも好きなようにやってくれたわね。次は私の番よっ」

俺の不意を突くように、ベルティユが押し倒してくる。

抵抗することもできず、俺はそのままベッドに倒れ込んだ。

「ふふふ、覚悟しなさい」

ベルティユが睨むように俺のことを見る。ちょっと調子に乗りすぎたかもしれない。

「たっぷりと精液を搾り取ってあげるんだから……」

そう言って彼女が俺の股間をさすってくる。すでにそこは、十分すぎるほどに硬く大きくなっていた。

「こっちのほうは準備万端みたいね」

ベルティユがズボンから俺のモノを取り出すと、外気に触れたそれはぴくぴくと震える。

「私も、あなたに『色々とされた』おかげで、すぐにでも平気だから――」

俺の上にベルティユがまたがってくる。

そして自分の股間を、見せつけるようにしてきた。

確かにそこは彼女の言うように愛液が溢れ、糸を伝って零れ落ちていた。

あまりに淫靡な光景に、俺は思わずごくりと唾を飲み込む。

痛いほど大きくなった俺のモノを手に取ると、ベルティユは自分の股間に宛がった。

すると秘裂が、ぬちゅりといやらしい音を立てる。

これからのことを期待しているのか、ベルティユのアソコがひくついているのが伝わってくる。

「じゃあ、入れるわよ……ん、あ、あ、はあぁ……！」

ベルティユがゆっくりと腰を下ろしてくる。

硬く閉ざされた入り口をこじ開けるようにして、先端が飲み込まれていく。

彼女の中は十分に濡れていたが、それでもきつく狭かった。

「あっあ、入ってくるぅ……んくっ、ん、んんっ……あっ、あんっ、硬くて、やっぱり大きい……ふあぁっ……」

「ベルティユ、あまり無理はするなよ？」

「余計な心配はいいから、貴方はじっとしていてね。あくっ、あっあ、あんっ、あ、あふっ」

亀頭が完全に飲み込まれたところで、ベルティユが更に腰を落としてくる。

狭くきつい膣内を押し開くようにして、ペニスが捻り込まれていった。

やがて何かを突き破るような感触とともに、根本までペニスが入りきる。

「んっ、んうぅっ、入ったの？」

軽く顔をしかめ、ベルティユが尋ねてくる。

そう言われて繋がった部分に目を向けてみると、そこには赤いものが見えた。

「え？　初めて、なのか？」

「ん……そうよ。言わなかったかしら？」

「そんな……痛みは、平気か？」

「ふふっ。心配してくれるのね。嬉しい。ありがとう、平気よ。それに……嬉しいって気持ちのほうが強いから」

その言葉を証明するかのように、膣内がぎゅっ、ぎゅっとペニスを締めつけてくる。

それだけでも十分すぎるほどの快感を、俺に与えてきた。

「それじゃ、動くわね」

そう言うや否や、ベルティユが腰を動かし始める。

まだぎこちなさの残る膣内で、俺のペニスをしごきあげていく。

「うくっ……」

当たり前ではあるが、胸や口とはまるで感触が違う。

ペニスを受け入れるためにあるそこは、うねるように動きながら締めつけてくる。

「あっあ、あふっ、あんっ、私の中、スティドでいっぱいになってる……ひゃんっ、あ、あふっ、あ、あんっ」

「ベルティユの中、俺のをきつく握ってきてる……興奮してるのか？」

「あ、当たり前でしょ。やっとスティドと一つになれたんだから……あんっ、私のおまんこ、どう？　気持ちいい？」

「ああ、最高に気持ちいいよ。チンポが溶けそうだ……」

「ふふ、嬉しい。でも、まだまだ本番はこれからよ。んくっ、ん、んんっ、んああっ、ん、ん、んんっ!!」

ベルティユが腰を大きく上げ、思いきり落としてくる。

とても処女とは思えないような大胆な腰使いだ。

これもまた、代々継承されてきたテクニックの一つなのだろうか。

「奥に当たって、んっん、んうぅっ、気持ちいいっ、あっ、あんっ、チンポすごいっ、ひぐぅっ、あ、あふっ、あ、ああっ！」

嬌声を上げながら、ベルティユが腰を激しく揺する。

そのたびに大きな胸が、いやらしく上下に揺れてる動く。

あまりの迫力に、俺は思わずそこへと手を伸ばしてしまう。

「やんっ、あ、あんっ、スティド？　んっ、ん、んあっ、ん、んくぅっ」

「こうすれば君も、もっと気持ちよくなれるだろう？」

俺は下から抱え上げるようにして、ベルティユの胸を揉んでいく。

その刺激に反応したのか、彼女の膣内がまた、きつく俺のモノを締めつけてきた。

「くっ、ベルティユ、締めすぎだよっ」

「ふふっ、さっき言ったでしょ？　私の番だって。んんっ、スティドの感じている顔、可愛い」

どうやらわざと締めつけて、俺のペニスを責めてきているらしい。

出し入れを繰り返すたびに、膣内がどんどんほぐれていくのが感じられる。

そこはすでに愛液でとろけきり、まるで貪るかのように俺のモノにしゃぶりついてきた。

「ほら、スティド、もっと感じて。あんっ、私を……味わってよ。あひっ、あ、あっあ、あんっ、ん、んうぅっ、ん、んんーっ」

ベルティユが腰をくねらせつつ、俺のモノを何度も飲みこんでいく。

ぬるつく膣内でペニスをしごかれ、ぞくぞくするような快感が背中を走り抜けた。

まるで歓迎するかのように膣肉が絡みつき、吸いついてきている。

他のことが考えられなくなってしまうぐらい、彼女の中は気持ちいい。

「んっ、んくっ、奥、届いてるっ……ひゃんっ、あ、あふっ、あ、あんっ、あ、あうぅっ、ん、んうぅっ、ん、ん、んんーっ！」

いつしかベルティユのおまんこは、すっかり蕩けきっていた。

愛液を飛び散らせながら、いやらしく俺のモノをくわえ込んでいる。

俺はどうにか快感に耐えつつも、彼女の胸を揉み、乳首をつまみ上げる。

そうするとまた、痛いほどに膣内がペニスを締めつけてきた。さっきからこうして胸とおまんこが連動するのが、楽しくて仕方ない。

「あんっ、それっ、感じすぎちゃうっ。んくっ、なんか、おちんちん締めつけちゃうのっ。ひうぅっ、あ、あんっ、あ、あふっ、あぁんっ!!」

「ああ、すごい締めつけだよ。まるで俺のチンポを放すまいとしているみたいだ」

「ふふ、それはそうよ。あなたに中で出してもらうまで、んくっ、絶対に放さないんだから……はひっ、んんっ、んっ、んあぁっ」

俺の上でベルティユが、みだらに腰を動かし続ける。

その言葉どおりに、精液を搾り取ろうと膣内が締めつけてきていた。

「はあはあ、あんっ、あ、ああっ、ほんとに、チンポ、すごいっ……硬いのがごりごりって擦れて……いいっ、いいのっ。ふあぁあっ！」

いつもは余裕があって冷静な彼女が、俺の上で今、乱れきっていた。初体験とは思えない積極性で、どうやら俺たちの身体の相性は最高のようだ。

俺もまた、ベルティユの体が与えてくれる快感を求めて、下からますます突き上げていく。

「あっ、やっ、スティド、動いちゃ……！　ひうぅっ、それ、感じすぎちゃうっ！　やんっ、んっ、んんっ、んはあぁっ！」

そうすると、ベルティユが敏感に反応していた。

より強く互いの粘膜と粘膜が擦れあい、快感が激しさを増していく。

彼女のアソコからは、まるで洪水のように愛液が溢れだしていた。

「すごいな、ベルティユのアソコ、すごくエッチな音がしてるよ。ほら、聞こえるだろ?」

「やっ、あんっ、言わないで……ひあぁっ、興奮しちゃうっ。ひゃんっ、あ、あひっ、あ、あ、あぁっ」

嬌声を上げながら、ベルティユは腰の動きを止めようとはしない。

腰をくねらせて位置を調整しては、ペニスが膣内を擦る場所に変化を与えていた。

時には膣圧も変えてくるので、新しい刺激が生まれてくる。

俺はそんな秘穴に夢中になって腰を突き上げながら、彼女の中を往復していった。

「そこ……いちばん奥突かれるの、いいのっ、ズンズンって、はひっ、お腹に響いてっ、もっとしてっ、んっ、ん、んんーっ!!」

膣内が痙攣するように震えながら、ペニスをしごきあげてくる。

彼女の中はすっかりと蕩けきり、まるで燃えるように熱くなっていた。

俺は自分のペニスの形を覚え込ませるようにして、ひたすらに処女穴を突き上げていく。

いやらしい音を立てながら、俺たちは互いを貪るようにして繋り合った。

ベルティユの膣内は俺のモノでみっちりと埋まり、ぐちょぐちょの淫肉が絶えず絡みついてくるので、さすがに限界が迫ってくる。

「んんっ、んうぅっ、セックスいいっ、いいのっ……はひっ、あ、ああんっ、あ、頭真っ白になるぅっ……ふあぁぁっ!!」

俺も更なる刺激を求めるように、激しくベルティユの胸を揉み上げる。

そしてついに興奮がいっぱいまで高まって、射精限界がやってきた。

「あんっ、あ、あぁっ、おっぱいも気持ちいいっ。んくぅっ、スティド、もっとしてっ。あんっ、あひっ、あ、あ、あぁあああああっ！」

ひくつく膣内から、彼女もそうなんだと感じられた。

だからもう、ただひたすらにゴール目指して、力強い往復を繰り返す。

「はあはあっ、んんっ、あんっ、ダメっ、もっとしていたいのに、なにかきちゃうっ、すごいのきちゃうっ！　ひうぅぅっ！」

「べ、ベルティユ、俺もそろそろイキそうだ……」

「ほ、本当？　んっ、んっ、じゃあ、一緒に……スティドの精液、私の中にいっぱい出してっ。んうぅぅっ！」

「ぐうぅっ……！」

俺の言葉を聞いて、ベルティユが今まで以上の激しさで腰を動かす。

そして彼女が思いきり腰を落とした瞬間、亀頭の先端が乱暴な勢いで行き止まりにぶつかった。

「ひぐっ、んうううううぅぅぅぅぅぅぅぅぅぅっ!!」

快感のスイッチが押されたその瞬間に、ベルティユは大きく背中を仰け反らせて絶頂を迎えたようだった。

同時に、ペニスを引きちぎりそうなほどの強さで膣内が締めつけてくる。

あまりの圧迫で俺もすぐに、彼女の最も深いところで精を放っていた。

「ふあぁぁぁあっ！　熱いのドクドクって、いっぱい注がれちゃってるっ……！　ひうぅっ、こんなの、またイッちゃうぅぅっ!!」

びくびくっと、ベルティユが俺の上で大きく体を痙攣させる。

どうやら膣内に射精されながら、何度も繰り返し達しているようだった。

「んくぅっ、ん、んんっ、んあぁっ、あ、あっ、奥、当たってる……はひっ、私の中、スティドのでいっぱい……んんっ……」

やがて射精を終えると、ベルティユがうっとりとした声で呟く。

俺はその様子を、気だるい満足感に包まれながら見つめていた。

そうしてしばらくの間、俺たちはそのまま繋がり合っていたのだった。


ベルティユとの経験の翌日。お互いに刺激し合ったもうひとりもまた、俺にはっきりと迫ってきた。

「私、先生にまた連れて行ってもらいたいですっ……その……で、デートにっ！」

「……え？」

家庭教師のために訪れたオーレリーの部屋で、最初にそんなことを言われて俺は驚く。

「ええ。それはかまいませんよ。ですが――」

「ありがとうございますっ。では、次はいつでしょうか？　明日ですか？　私は、今日でもかまいませんっ」

姫様は、勢いこんで聞いてくる。

どうやらあの『デート』を、とても気に入ってくれたみたいだ。

それはもう、本来の目的も忘れるくらいに。

「……でしたら、試技を上手くできたら、というのはどうですか？」

「あ……そ、そうですね。まずはそこをがんばらないといけませんね」

やっと授業のことを思い出したのか、彼女は真剣な顔でうんうんと頷く。

でもちょうどいい気分転換になったみたいだ。

これなら、きちんと勉教にも集中できるだろう。

すでに魔法の基礎は出来ているし、多系統をだいぶ使いこなせるようになっている。

「では王や高位貴族の前での『試技』のために、次の段階に進みましょう」

「次の……ですか？　いったいどんなことですか？」

「『継承魔法』を越えた『継承魔法』。それを使うための知識と実践です」

俺は笑顔でそう答えた。

第三章　少女たちの事情

「ねえ、スティド。王女様のことはどうするつもりなの？」

「どうするつもりとは？」

朝、いつものようにベルティユにエルフの魔法を教えてもらっていると、彼女は不意にそんなことを言い出した。

「とぼけないでよ。わかっているんでしょう？　彼女はあなたに好意を抱いているわ」

ベルティユがズバリと本題を口にする。

回りくどいことが嫌いな彼女らしいストレートさだ。

確かに俺も、薄々とそのことを感じてはいた。

しかし、それはただのうぬぼれだと……そう思おうとすることで、目の前の現実をごまかそうとしていたのかもしれない。

だがいま、第三者からハッキリとそのことを指摘されてしまった。

先日のデートの申し込みといい、オーレリーが本気であることはもう分かっている。

「黙り込んでいないで、なんとか言ったらどうなの？」

「……別にどうこうするつもりはないさ。相手は第二とはいえ王位継承権を持つ王女様で、俺は下級貴族だぞ？　あまりに身分が違いすぎる」

「そう……それがあなたの意見なのね」

肯定するわけでも否定するわけでもなく、ベルティユは曖昧な笑みを浮かべた。

まるで心の中を見透かしているかのような彼女の笑みに、俺は静かに口を開く。

「それに――家庭教師も、もう終わる日程だ」

もともと俺が彼女に魔法を教えることには、期間指定があった。

「数日後に、オーレリー様の勉強の成果を見るための、御前試技がある。それが終われば、もう会うこともなくなるよ」

俺はありのままの事実を口にする。

オーレリーには、その試技に臨むにあたって化学知識を少し教えていた。

それを応用すれば、まず間違いなく、試技でその力を認められることだろう。

「あなたは、それでいいのね？」

「ああ、もちろんだ。俺はオーレリー様にとって、ただの家庭教師でしかないんだから」

「……ふうん、そう」

ベルティユもそれ以上は何も言わず、ただ俺のことをじっと見つめてくる。

その視線から逃れるように、俺は話題を変えることにした。

「そんな話よりも、マエリスのところに様子を見に行かないか？　この前の件もあるしな。いまどうなっているか気になっていたんだ」

「そうね、私のせいで最後まで、できなかったんだものね」

「いや、それは関係ないぞ」

「ふふ、冗談よ。確かに孤児院は気になるし、あのことも……どうなっているか確かめたほうがいいわね」

ベルティユが言葉をぼかしているのは、マエリスが義賊を働いていたことだろう。

あのあともけっこう誤魔化して伝えたのに、結局、見抜かれてしまっている。

ベルティユの目を欺くことは、俺には出来そうもないな。

俺はそんな彼女に無言でうなずくと、共に孤児院まで行くことにした。

手傷まで負ってしまった彼女に、これ以上何事もなければいいのだが……。


「じゃあ、最近は義賊の被害が減っているのか？」

「ああ、ここ最近じゃ、あまり話は聞かなくなったね」

「なるほど、ありがとう」

孤児院に向かう前に、俺たちは街で軽く、義賊の噂について聞いていた。

もともと人気者になっていたこともあり、ここ最近の活動についても、簡単に知ることができたのだが……。

「どうやらこの前の一件で、活動は控えているみたいだな」

「賢明な判断じゃない？　今は大人しく身を潜めるべきだわ。下手に動けば捕まる危険があるし」

「ああ、確かにそうだな」

実際問題。俺が助けに入らなければ、マエリスはあの日、捕まっていただろう。

もしそうなっていたら、彼女も孤児院もどうなっていたことか……。

だが、あのラジャブ侯爵が、これで簡単に諦めてくれるとは思えない。

何かおかしな真似に出なければいいのだが……。

そんなことを考えていた矢先、俺の耳に信じがたい言葉が飛び込んできた。

「おい、みんな大変だ！　騎士団が義賊を捕まえたそうだ！」

「いま、広場にその義賊がいるらしい。どうやら見せしめにするつもりらしいな」

「スティド！」

「ああ……！」

ベルティユが鋭い声で俺を呼ぶ。

俺は即座に頷いて返すと、広場へと全速で向かった。


「諸君！　この娘が度々、貴族様の屋敷に忍び込み盗みを働いた盗賊である！」

「このような不届き者が二度と現れぬよう、今より、この場で処刑を行うことが決まった」

広場へとたどり着くと、人ごみの向こうで、ひとりの少女を囲うようにした騎士団が、何とも物騒な口上を述べていた。

なるほど、確かにこれは見せしめだ……貴族にたてついた者がどうなるのか、公開処刑で思い知らせるつもりらしい。

当然、そんな馬鹿な真似を許せるはずがない。

「あれは……？」

ひとまずマエリスの様子を確認しようとして、俺はすぐに、そこにいる女の子が別人であることに気付いた。

背格好はよく似ているが、間違いなく違う女の子だ。

というか、あの子には見覚えがある。マエリスと同じ孤児院の子で、確か名前はニアだったはず。

そのニアが何故、義賊として騎士団に捕らえられているんだ？

「まさか……」

騎士団は、ラジャブ侯爵の寄子《よりこ》であるブレン子爵のお抱え……。

これはもしや、先日ラジャブ侯爵が衛兵を動かしたにもかかわらず「義賊」を捕まえることができなかった失態を隠そうとしているのでは……？

いや、それだけではない。偽者を捕まえてそのことを大々的に知らしめることで、本物をおびき出そうとしているのではないか？

それで本物が出てくれば良し。出てこなければ、偽者を本物として処刑するだけ。

いかにも貴族様が考えそうな、自分たち以外の命など何とも思っていない下卑た行為だ。

「ねえ、ステイド、これって……」

「ああ、おそらく間違いないだろう」

ベルティユも同じ発想に至ったのだろう。険しい顔をする彼女に頷いて返す。

「あっ、ステイド、あそこを見て？」

「どうした？」

言われるままにベルティユが指示したほうを見る。するとそこには、マエリスの姿があった。

今にも飛び出していきそうな彼女に近寄り、俺は慌てて止めた。

「待つんだ、マエリス！」

「スティド兄さん？　放してっ」

「いいか、よく聞くんだ。これは君をおびき出すための罠だ。いま飛び出していってもどうにもならないぞ」

「だったらどうしろって言うの？　あの子を見殺しにしろって？　そんなことできるわけないじゃない！」

マエリスの気持ちはよくわかる。

彼女は優しい。だからこそ、力のない人々を救うために義賊を行っていたのだ。

だがそれでも、みすみす敵の罠に飛び込むような真似をさせる必要はない。

「マエリス、君が犠牲になる必要は一つもないんだ」

「いいから放してっ。私が行かなくちゃ、あの子が――」

「『眠り』よ……」

「あっ……？」

俺はマエリスの顔の前に手をかざすと、力ある言葉を口にした。

彼女の体から力が抜け、俺の腕にくたりと倒れ込んでくる。

「スティド、彼女に何をしたの？」

「ただ眠りの魔法をかけただけだよ。しばらくは、ぐっすり眠っているはずだ。悪いが、マエリスのことを頼むよ」

「貴方はどうするつもり？」

「決まっているだろう？　あいつらの思い通りにはさせないさ」

「ふふ、そうこなくちゃね。わかったわ、彼女のことは任せておいて」

俺はマエリスをベルティユに預けると騎士団へ足を向けた。とはいえ当然、このまま突っ込んで、身元がばれるのは好ましくない。

「……惑わせ」

再び、力ある言葉を口にする。

「うわっ!?　なんだ、急に霧が!!」

「どうなってるんだ、こいつは！　なにも見えん!!」

次の瞬間、真っ白な霧が辺り一帯を包み込んでいた。

途端に困惑の声があちこちから上がってくる。それは騎士団たちも例外ではなかった。

「ええい、落ち着け、霧が出たぐらいでなんだ！　それでもお前たちは誇り高い騎士か！　この騒ぎに乗じて、盗賊に逃げられないようにしろ！」

隊長らしき男が、部下たちに指示を飛ばす。

もちろん俺もこの騒ぎに乗じて、あの子を助け出せるなどとは考えていない。

「わが身は幻……」

さらに力ある言葉を口にする。再び幻術の類いだ。

そうしてマエリスと背格好は似せつつも、顔はまったく別人の女に自分の身体を変化させた。

ニセ義賊の完成だ。

そのまま勢いよく、騎士たちのもとへと駆けていく。

「何者だ！　止まれっ!!」

もちろん、そんな制止は聞く耳持たない。

「風よ、吹き荒れよ!!」

俺の力ある言葉に応え、強烈な風が生まれて周囲の霧を吹き飛ばす。

さらにそのまま飛行呪文を使い、俺は空へと飛び上がった。

「な、なんだ、あれは？　飛んでいるだと!?」

「女！　貴様は一体何者だ!?」

広場にいる人間の注目が、一斉に俺に集まるのがわかる。

飛行魔法を知らぬなら、当然驚くだろう。

「ふん、私があんたたちが探していた盗賊よ。その子はなんの関係もないただの娘。残念だったわね」

「あれが本物の義賊だって？」

「じゃあ、あの女の子は間違って捕まえられたのか？」

「そうすると、あの子を助けるためにわざわざ出てきたのか？　さすがは義賊様だ。そうこなくっちゃ！」

野次馬たちから、義賊を讃える喝采の声が上がる。

これでいい。その反応を見るに、どうやら上手くいったようだ。

俺が義賊だと、民衆や騎士にしっかり認識してもらうのが目的だからな。

「ふん、そちらから出てきてくれるとはありがたい。己の罪を認め、大人しく捕まることだな」

「冗談じゃない。誰がそんなことをするものですか。捕まえられるものなら、捕まえてみなさい」

俺は一旦そこで言葉を区切り、さらに挑発するように言う。

「ふふっ。とはいっても、まったく関係のない子を捕まえてしまうようなまぬけな騎士団さんでは、難しいでしょうけれど」

「言ったな、盗賊風情が!!　貴様はすでに我らの手の中よ！　皆のもの、かかれっ!!」

「応っ!!」

「覚悟しろ、盗賊!!　お前に恨みはないが、これも仕事だ。悪く思うなよ」

騎士たちが憤るが、俺は空中だ。相手がどうするのかと見ていると……。

「炎よ、渦巻けっ!!」

「闇よ、彼の者の自由を奪いたまえっ!!」

「風の矢よ！　我が敵を貫け!!」

一斉にあちらこちらから、呪文の詠唱が聞こえてくる。

見れば街人の姿に扮装した冒険者の魔術師が、群衆に混じっていたようだった。

ラジャブ侯爵が金にモノを言わせたのか、かなりの数だ。義賊への対策だったのだろう。

「光の防壁よ。我が身を護れ」

まずは俺を狙う魔法をことごとく防御魔法で弾く。

魔力自体に反発する障壁を生み出す、俺のオリジナル魔法だ。

「バカなっ、これだけの数の魔法が、一度に防がれただとっ!?」

「ならばこれはどうだ！　水柱よ、立てっ!!」

巨大な水柱が、俺の真下に生まれる。

こんな強力な魔法を使うなんて、街中だということを忘れているのだろうか。

これを今の防御呪文で弾くと、住民にまで被害が出るかもしれない。

俺は素早く空中を移動してかわしたが、今度はそこに実物の矢が飛んできた。

「おっと……！　危ないな」

どうやら弓兵も潜ませていたらしい。

この前のことで、よほど腹を立てていたようだな。

ラジャブは本気で『義賊』のことを消すつもりだ。

ひらりとかわして見せるものの、次から次へと矢が飛んでくる。

このまま空中にいてはいい的《まと》だ。それにここにいては、いずれ住民に被害が出てしまうだろう。

そう考えた俺は、街の出口に向かって進路を変える。

「待てっ、逃げるつもりかっ!!」

「追え！　決して逃すな！」

やつらが十分についてこられる速度で、空を飛ぶ。

時折、魔法や矢が飛んでくるが、それらも防御魔法の応用で受け止め、すべてかわしながら、街の外まで騎士団と冒険者たちを誘導する。

名誉と報酬目当てのやつらだ。間違いなく全員ついてきたことだろう。

俺はとりあえず、少し離れた場所に降り立った。

「ようやく観念したか。これ以上逃げることはできんぞ」

「さあ、大人しくその首を差し出すがいい」

「そんなの断るに決まっているでしょう？　それよりあなたたち、無実の娘を捕まえたことに対して、何か思うことはないのかしら？」

このあとの一方的な攻撃のことを思えば、義賊としては、聞いておかねばなるまい。

「ふん、あんな下民の娘に対して、我々が何を思うというのだ。下らぬことを聞くな」

吐き捨てるように騎士のひとりが言うと、同調するように周りにいた者たちも声を上げる。

俺はその言葉に、強く奥歯を噛んだ。

「無実の罪で、あの娘は処刑されるところだったのよ？　そのことに対して、本当に何とも思わないの？　それでも誇り高い王国の騎士なのかしら？」

「もとはといえば、貴様が巻いた種ではないか！」

「そうだ、盗賊風情が口を慎め!!」

確かにマエリスの行いは褒められることではない。

罪は罪だろう。

例えどのような理由があろうとも、そのことを言い訳することはできない。

だがそれでも決して、無実の人間が処刑されていいはずがないのだ!!

「なるほど、あなたたちの言い分はよくわかったわ……これで終わりね!」

「終わりなのは貴様のほうだ。覚悟っ!」

一斉に騎士団と冒険者たちが俺を狙ってくる。

そんな彼らに向かって、俺は大きく右手を掲げると力ある言葉を口にした。

「爆炎暴風陣!!」

「な、なんだ、これはっ!?」

「うわあぁあぁぁあーっ!!」

炎の渦を巻きあげながら、盛大に爆発を繰り返す巨大な竜巻が起こる。

それは、俺に向かってきていた敵のすべてを飲み込み、そして瞬時に吹き飛ばした。

後にはただ倒れ伏し、うめき声をあげる者たちだけが残される。

「どう? これが私の力。あなたたちが今後も愚かな真似を続けるなら、いつでもこの力を揮《ふる》うからね。よく覚えておいて」

当然、死なない程度の威力に調整はしてある。

といってもしばらくの間、ろくに起き上がることもできないだろうが。

俺は飛行呪文を唱えると、再び先程の広場へと向かった。


夜になり。

昼間の騒ぎが嘘のように、世界は静まり返っていた。

あれから俺は、義賊としての自分を子爵と民衆に強烈にアピールした上で、無事に逃走を果たした。

他人としての顔まで見せたから、これでもう、マエリスが狙われる心配はないだろう。

ただ根本的な問題は、まだまだ解決していない。

そう、孤児院の財政面の危機は回避できていないのだ。

とはいえこんな事態に陥ったいま、当然マエリスにこれ以上義賊を続けさせるわけにはいかない。

その辺りをどうするかは、すでに考えてある。

俺もここまで首を突っ込んだからには、最後まで面倒を見る覚悟を決めていた。

「明日も、マエリスに会いに行かないとな……」

変化の魔法を解いたあと、素知らぬ顔で広場に戻った俺は、ベルティユとともにマエリスたちを孤児院まで送り届けた。

マエリスはまだ眠りの魔法が効いていたので、今は、そのまま屋敷に戻ってきている。

どうにかして彼女に、俺の提案を受け入れてもらわなくては……。

「素直にマエリスが聞き入れてくれればいいんだが……」

「私がどうしたの？」

「いや、俺からちょっとした提案があるんだ」

「提案？　なに？」

「それは……」

って、待て。さっきから俺は誰と話しているんだ？　この部屋には俺しかいないはずだ。

そう考えて声のしたほうに顔を向けると、そこにはマエリスが立っていた。

「どうしたの？　スティド兄さん、急に黙り込んだりして」

「って、マエリス!?」

「やっほー、兄さん、こんばんは」

「こんばんはって、どうしてお前がここに？」

「どうしてって目が覚めたら孤児院でしょ？　慌てて部屋を飛び出したらニアがいるして、わけがわからないじゃない？　で、話を聞いてみたら、どうやら兄さんが全部なんとかしてくれたんだなってわかったから、こうしてお礼を言いに来たの」

「な、なるほど……」

ハキハキとした口調で、マエリスがそう説明する。

確かにそういうことなら納得できなくはない。

「って、でも、どうやって入ってきたんだ？」

これでも戸締まりはしっかりとしてあるはずなのだが……。

「やだな、兄さん、忘れたの？　私は盗賊だよ。こんなお屋敷に忍び込むぐらい朝飯前なんだから」

いくら考え事をしていたとはいえ、俺の魔力探知にも引っかからないとは。

改めてマエリスの義賊としての実力を認識する。どうりで今の今まで捕まらなかったわけだ。

「まあ、そんな話はどうだっていいの」

「いや、あまりよくないんだが……」

「細かいことは気にしないで。それよりも、ありがとうスティド兄さん」

そう言ってマエリスが俺に向かって深々と頭を下げる。

「おいおい、よしてくれ、礼を言われるようなことはしてないぞ」

「ううん、スティド兄さんにはまた助けられてしまったもの。しかも今度は私だけじゃなくてニアの命まで……本当にありがとう」

「……まあ、俺自身が放っておけなかったからな」

面と向かって礼を言われると照れてしまう。

俺は小さく頬をかきつつ、そう答えた。

「それでも、ありがとう……それでね、あの、お礼がしたいんだけど……いいかな？」

「わざわざそんなことしてくれなくても大丈夫だよ。いまの言葉だけで十分だ」

「ううん、それじゃ私の気がすまないの……というか、お礼っていうのは建前で、本音は私がしたいからって言うか……」

「なに言ってるんだ？」

マエリスは頬を赤らめながらもじもじとしていて、どうも言っていることが要領を得ない。

どういう意味なのかと聞き返す俺に、鋭い視線を向けてきた。

「もう、兄さんの鈍感！　こういうことに決まってるでしょ！」

「うおっ!?」

マエリスが素早い動きで、いきなり俺のことを押し倒してきた。

突然のことに、そのまま後ろのベッドに倒れ込んでしまう。

「おいおい、何のつもりだ？」

「この前の続きをしよ？」

潤んだ瞳で、マエリスが俺のことを見下ろしてくる。

触れた肌も、すでに興奮しているのかだいぶ熱くなっていた。

「この前の続きって……」

「お願い、もう我慢できないの。それとも私とじゃ、いや？」

真っすぐにマエリスが俺のことを見つめる。

微かに震える声が、彼女が本気なのだということを伝えてきていた。

「……いやなわけないだろ？」

「本当？」

「ああ、本当だ」

「あはっ、嬉しい！」

俺の言葉にマエリスが満面の笑みを浮かべる。

この状況で彼女の誘いを断れるわけがない。

「じゃあ、兄さん。しよ？」

艶を含んだ声でマエリスが言う。

俺はその言葉に頷いて答えると、マエリスの胸に手を伸ばす。

相変わらず立派なおっぱいで、俺の手に納まりきらないほどだ。

それでもしっかりと柔らかく、むちむちと張りがあって、素晴らしい揉み心地だった。

「いきなりだなんて……本当にエッチなんだから、んっ、んんっ、やんっ、その触り方、ぞくぞくしちゃう……」

俺の手の動きに合わせて、マエリスが艶っぽい声を出す。

柔らかな胸を揉んでいると、服の上からでも中心の突起が勃起してきたのがわかった。

「乳首が硬くなっているぞ。マエリスだって興奮しているのか？」

「それは、当たり前でしょ？　これからスティド兄さんと一つになるって考えたら、どうしたって興奮しちゃうわ」

彼女もまた、俺とセックスすることを期待しているのだ。

そう考えると、ますます興奮して痛いほどにペニスが勃起してしまう。

今すぐ彼女と一つになりたい気持ちを抑えて、その前にじっくりとその体の感触を味わう。

「もう、おっぱいばっかり……ひゃんっ！　乳首つままないで……んっん、んくぅっ」

「はは、可愛い声が出てるぞ。乳首弄られるの好きだろう？」

「んんっ、んぁっ、ダメっ、刺激強すぎて……ふぁぁっ、あ、あぁっ、体、びりびりって……んんぅっ……！」

硬くなった乳首を、指でコリコリと弄ってやる。

それを繰り返していると、マエリスの息が荒くなってきた。

「はあはあっ、兄さん……あんっ、そんなに乳首を弄られたら、私のアソコ熱くなってきて、ガマンできなくなっちゃう……あんっ」

そう言って、マエリスが切なそうに太ももを、もじもじとすり合わせる。

すっかり興奮して感じ始めているのは、その様子から明らかだった。

「アソコが熱くなってるって？　どれ、見せてくれ」

「えっ？　あっ、きゃあっ」

俺はマエリスの体を優しく押し倒すと、素早く下着を脱がせてしまう。

途端に、彼女の大事な部分が露になった。

「や、やだ、見ないで、恥ずかしい……！」

「何を言ってるんだ。これからここに、俺のモノを入れるんだぞ？　しっかり確認しておかないと」

マエリスに向かってそう言いながら全てを脱がし、俺は足を左右に開かせた。

もはや何も隠すものがなくなり、彼女の大事な部分が完全にさらけ出される。

「ふんふん、綺麗なピンク色をしているじゃないか」

「あっ、あぁっ、スティド兄さんに私のアソコ、見られちゃってる……」

恥ずかしさからか、マエリスが声を震わせる。

その反応も初々しくて、実に可愛らしい。

俺は足の間に顔を割り込ませるようにして、股間に近づけた。

息が触れそうなほどの距離に、マエリスの大事な部分がある。

彼女自身と同じように、恥ずかしげにひくひくと震えていた。

「や、やだ、そんなに近くで見ちゃダメっ……！」

「俺のモノを入れるためにも、しっかりと濡らしておかないとな」

反射的に足を閉じようとするのを押さえながら、俺は言う。

まずは指を使って、割れ目を左右に押し開いてみた。

「あっ、あぁっ、そ、そんな……んんっ……」

「マエリスの大事なところ、奥まで丸見えだ」

「い、言わないで……やんっ、あ、あふっ、あ、あぁっ……」

大きくアソコを開きながら、じっくりと中を観察する。

綺麗なピンク色の膣肉と、襞《ひだ》がヒクついているのがわかった。

ここにペニスを入れたら、さぞかし気持ちいいことだろう。

締めつけ具合と感触を想像して、ますます興奮してしまう。

「お、マエリスのここ、見ているだけなのに濡れてきたぞ」

「えっ、う、うそ……」

「嘘なもんか。奥からエッチな汁が滲みだしてきている。ほらっ」

「やっ、んぅっ、ん、んくっ、さ、触っちゃ……あんっ、あ、あふっ……」

俺は指を一本、突き入れるようにする。

その途端に、膣内が痛いほどに締めつけてきた。

かなりのきつさだ……これは少しほぐしておいたほうがいいだろう。

「あっあ、あぁっ、指、入ってきてる……ちゃんっ、んっ、んくぅっ、ん、んんっ！」

「動かすぞ」

愛液の力を借りるようにして、マエリスの膣内で往復させていく。

「やっ、ほんとに指が、なかで動いちゃって……あんっ、あ、あふっ、変な、感じ……ひゃうっ、あ、あふっ……！」

マエリスが刺激に戸惑いつつも、可愛らしい声を出す。

熱い膣内をかき混ぜるようにして、優しく彼女の中を刺激していく。

そうしていると、どんどん愛液が溢れだしてきた。

「おっ、マエリスのここ、いっぱい濡れてきたぞ。気持ちいいのか？」

「よ、よくわからない。変な感じで……でも、そうされるの、嫌じゃない……んんぅっ……あひっ……た、ただ、すごく恥ずかしいかも……」

「気にするな。恥ずかしがっているマエリスも可愛いよ」

「も、もう、スティド兄さんたら何を言ってるの……」

俺の言葉に反応してか、膣内がきつく指を締めつけてきた。

彼女の中はだいぶほぐれ、熱く蕩け始めてきている。

「マエリスは、ここを刺激されるのはどうかな？」

親指で敏感な突起を刺激してやると、マエリスが可愛らしい悲鳴を上げた。

「その反応だと、ここを弄ったことがあるみたいだな？」

「やぁっ、そんなこと……あんっ、ダメっ、そこは刺激が強すぎるから……ひうぅぅっ！」

クリトリスを弄るたびに、マエリスが敏感に反応する。

時折ここを自分で慰めることがあるのかもしれない。その姿を想像すると余計に興奮を覚えてしまう。

「ス、スティド兄さん、あんまりいじめないで……んんっ……」

「ごめん、嫌だったか？」

ちょっと調子に乗りすぎたかもしれない。

俺はマエリスのクリトリスから親指を離した。

そんな俺に、彼女は首を横に振りつつ答える。

「ううん、違うの……私、これ以上もうガマンできない……兄さんのおちんちん、ここに欲しいの……」

マエリスが自分の手でアソコを開くと、奥からとろりと愛液がこぼれだす。

あまりにいやらしい光景に、俺はごくりとつばを飲み込む。

こちらもすでに我慢の限界だった。

「わかった。それじゃ……たっぷりと味わわせてあげるよ」

「きゃっ、兄さん？」

俺はマエリスの体を抱き起こすと、そのままベッドに横になった。

そんな俺を彼女が不思議そうな顔で見てくる。

「君が自分で、俺のモノを入れるんだ」

「わ、私が？」

「ああ、俺のモノが欲しいんだろう？　好きに動いていいよ」

「わ、わかったわ」

俺の言葉に、マエリスがこくりと頷く。

それから俺の上にまたがると、アソコにペニスの先端を宛がった。

「んっ、んんっ……ん、んぁっ、は、入ってくるぅ……あふっ、あ、あ、あんっ……」

マエリスがゆっくりと腰を下ろしていく。

愛液の力を借りながら、割れ目をこじ開けるようにして亀頭が飲み込まれていくのがわかった。

熱く柔らかな感触に、しっとりと包み込まれていく。

「ああ、マエリスの中に入っていくのがわかるよ。すごくいやらしい」

「はあはあっ、硬いのが、んんっ、どんどん私の中にきちゃう……あっ、あぁっ、あんっ、これ、すごい……」

マエリスは腰を止めることなく、俺のモノを奥まで飲み込んでいく。

途中、先端が何かを突き破ったかと思うと、一気に根本まで入っていた。

「あくっ……んっ、んんっ……全部入ったの？　んっ、んあぁっ……」

「大丈夫、ちゃんと全部入ったよ。マエリスの中が嬉しそうに俺のチンポを締めつけてる」

「だって、んくっ、本当に嬉しいんだもの……あふっ、あんっ……んんっ、私の中、兄さんでいっぱいになってる……ひうぅっ……！」

ぶるるっと体を震わせながら、きつく俺のモノを締めつけてくる。

じっとしていても、たまらないほどに気持ちいい。

これで動いたら、どうなるのだろうか……。

「んっん、んうぅっ、あ、あんっ、あ、あぁっ、おちんちん、すごい……指より、全然気持ちいい……んくうぅっ!!」

そんなことを考えていたら、マエリスがさっそく腰を動かし始めた。

熱くぬめる膣内にペニスが擦られ、凄まじいまでの快感が襲ってくる。

「くっ……マエリス、いきなり激しすぎるよ」

「ふあぁっ、あっあ、あんっ、好きに動いていいって言ったじゃない……ひゃんっ、んっ、んん、んうっ、ん、んあぁあっ！」

「確かにそうだが……あくっ……」

よっぽど俺のモノが欲しかったのか、マエリスは最初から激しく腰を動かし始めた。

ペニスが出入りするたびに、彼女のアソコがいやらしい音を立てる。

「あんっ、あ、んっ、んんっ、んうぅっ、はひっ、やんっ、気持ちいいところに当たって……くうぅっ……!!」

彼女はいやらしく胸を揺らしながら、さらに腰の動きを激しくしていく。

「あんっ、あふっ、腰、止まらない。勝手に動いちゃうのっ。ひゃんっ、ああっ、あぁっ、あうぅっ、あんっ！」

ペニスが抜け落ちそうな勢いで、マエリスが腰を動かす。

俺も今以上の快感を求めて、その動きに合わせて下から突き上げる。

「ひあぁぁあっ！　スティド兄さん、それ、すごい……んあぁっ、さっきより感じちゃう……いいっ、もっとしてっ！　んんーっ！」

奥を突くたびに、痛いほどにマエリスの膣内が俺のモノを締めつけてくる。

ぎゅうぎゅうと絡みつき、まるで逃すまいとしているかのようだ。

マエリスも全身を汗で濡らしながら、ひたすらに俺のモノを求めてくる。

アソコからは大量の愛液が溢れだし、ぬちゅぬゅといやらしい音を立てていた。

激しくペニスがしごかれるたびに快感が襲い、どんどん限界が近づいてくる。

「んっん、んうぅっ、んあっ、あ、あんっ、あ、あふっ、あ、あぁっ、あんっ、なにかくる……すごいのきちゃうっ……！」

「いいぞ、イッて……一緒にイこうっ！」

「あっあ、あんっ、やあっ、もっとおちんちん味わっていたいのに……ひゃんっ、んくっ、ん、んあっ、あ、あふっ、あ、あぁあっ!!」

悲鳴のような嬌声を上げながら、それでもマエリスが腰を止めることはない。

膣肉がペニスに吸いつき、まるで射精を促しているかのようだ。

「あうぅっ、あっあ、あんっ、ダメっ、終わっちゃう……ひうぅっ、ん、ふぁっ、あ、あんっ、んうぅっ」

小刻みに痙攣しながら、マエリスの膣内がぎゅうぎゅうとペニスを締めつけてくる。

俺自身、限界がもうそこまで迫っていた。

「んっん、んあぁっ、ん、んくっ、おちんちん、中で膨らんでる……ふあぁっ、あ、あぁっ、出すの？　精液、出しちゃうの？　んんっ、ん、んひぃっ!!」

「ああ、出すぞ！　マエリスの中にたっぷり出してやるっ!!」

「う、うん、出してっ。兄さんの精液ほしいっ！　んあぁっ、私の中にたっぷり出してっ!!」

俺の射精の気配を感じて、マエリスが今まで以上に激しく腰を動かす。

あまりの刺激で、限界はふいに訪れた。もう止められず、最後の力を振り絞って思いきりペニスを突き上げる。

マエリスの一番奥の奥、もっとも大切なその場所に、俺は思いきり射精していた。

「……っ！」

「ふあああぁあああぁあああああああぁあああああぁぁあっ!!」

噴水のような勢いで、マエリスの中に精液を注ぎ込んでいく。

それを受けてか、彼女もまた達しているようだった。

最後の一滴まで俺から搾り取ろうとするかのように、バキュームがますます強くなる。

「はっ、はっ、あ、あひっ、あ、あっ、ああっ、熱いの、出てる……ビュクビュクって……お腹の奥に注がれちゃってる……ふあぁっ！」

大きな胸を揺らしながら、マエリスが嬉しそうな声を出す。

俺はそんな彼女の膣内に、満足いくまで精液を吐き出したのだった。


「はぁ、すごかった……」

俺の隣で、荒く息を吐き出しながらマエリスが言う。

彼女の肌はほんのりと赤らみ、先ほどの行為の余韻を残していた。

「マエリス……俺、ちゃんと責任は取るから」

「あは、なに言ってるのよ、スティド兄さん。責任を取るって言っても、私は平民。貴族の妻になれるわけないでしょ？」

「いや、しかし……」

「その気持ちだけで十分。大体、兄さんにはあのベルティユっていう、エルフの人がいるんでしょ？言わなくても、私にはわかってるから」

まるですべてを見透かすような瞳でマエリスは言った。

……女の勘というやつだろうか？　なんとも恐ろしいものだ。

「とにかく私は、ときどきこうして愛してもらえればいいの。それ以上は望まないわ」

「マエリス……」

「というわけだから、これからもよろしくね。じゃあ、またね、兄さん！」

「あ、おいっ」

笑顔でそう言うと、マエリスは素早く服を着て部屋を飛び出していってしまった。

行動が早いというかなんというか……。

「孤児院については、結局は明日、話に行かないといけないな」

本当はいま話すつもりだったのだが、そんな暇もなかった。

まあ、あの行動力こそがマエリスらしい。

とりあえず、明日もう一度行くことにして、俺は眠りにつくことにした。

今日は色んなことがありすぎたからな……。


そして俺が孤児院を訪ね、今後の方針についてマエリスに話してから数日が過ぎた。

その間にも、俺が孤児院に資金援助すること、子供たちでもできるような仕事を斡旋すること、また必要な教育を施すことなどが決まっている。

それらの準備をするのにベルティユが協力してくれたのは、非常に助かった。

さらにはマエリスとも大いに「意気投合」し、よく子供たちの面倒を見てあげているようだ。

おかげでしばらくは、マエリスも義賊を休業すると言っていた。

俺としては完全にやめてほしいところなのだが、まあ、それはあとでもいいだろう。

そんなこんなで忙しく日々は過ぎ去り、今日はオーレリーの家庭教師の最終日……。

すなわち、継承魔法の試技を行う日だった。


そして結果はといえば。

「『継承魔法』の試技。見事であったぞ、オーレリー。父として、お前を誇りに思う」

「ありがとうございます、お父様。これもすべては、先生……スティド様のおかげです」

「確かにそなたの言うとおりだな。スティドよ、さすがはA級魔法使い。見事な働きであった」

「もったいないお言葉。恐悦至極に存じます」

俺は王に向かって、深々と頭を垂れる。

試技の結果は大成功だった。

オーレリーは、ここにいる誰もが驚くような実力を見せた。

そのことに王も王妃も大喜びだったし、これで俺の肩の荷も下りたというものだろう。

「さて、此度の働きに特別に褒美を取らせようと思うが、何か望むものはあるか？」

「……畏れながら、しばらくの間、猶予をいただいてもよろしいでしょうか？　身に余る光栄ですゆえ、熟考させていただきたいのです」

「うむうむ、そうか。よいぞ、許してつかわす」

「ははっ、ありがとうございます」

下手な望みを口にすれば、俺の立場がまた面倒なことになるだろう。

かといって適当な内容や、何も望まないというのも王の顔に泥を塗ることになる。

ここは後々面倒なことにならないように、無難な望みを考えないとな……。

そんなことを思いつつ、オーレリーとの最後の授業に向かった。


「はい、これにて今日の授業は終了です。オーレリー様、今まで本当にお疲れさまでした」

「いえ、そんな……私こそ、本当に先生にお世話になってしまって……今日の結果もすべてあなたのおかげです」

「何を仰いますか。この結果はオーレリー様の努力と実力のたまもの。私はほんの少しお手伝いをさせていただいたに過ぎません」

俺は偽ざる本心を口にする。

本人にやる気があったからこそ、しっかりとした結果を出すことができたのだ。

「なんにせよ、これで私の役割は終わりです。今までありがとうございました。どうぞ、お達者で」

彼女と俺とでは、もともとの身分が違いすぎる。

家庭教師としての職務を終えたいま、いつまでもこの場に留まっているわけにはいかない。

俺はオーレリーに頭を下げると、早々に城から去ることにした。

「あっ、待ってください、先生！」

「どうされました？　オーレリー様」

部屋を出ようとした俺を、オーレリーが呼び止める。

「あの、試技をする前にした約束を……覚えていらっしゃいますか？」

「また一緒に、城下を案内するという約束でしたよね？」

「はい。先生とデートをするという約束です」

わざわざデートと言い直すと、オーレリーが俺に近づいてくる。

「先生……今、私をここから連れだしてください」

もちろん、俺に断ることなどできるはずもなかった。

「準備のほうはできましたか？」

「はい……この恰好で大丈夫でしょうか？」

おずおずと俺の前に現れたオーレリーが聞いてくる。

彼女はこの国の第二王女である。そのお姫様が、普段の姿で城下町に現れたら下手をすれば大騒動になってしまうだろう。

なので彼女には申し訳ないが、今回も俺の用意した一般庶民の恰好をしてもらっていた。

デートということなので、多少、年頃の可愛い衣装を意識してみてはいるが。

「うん、それならまさか王女様だとは、誰も思わないでしょう」

「そうですか。すみません、わざわざこのようなものまで用意していただいて」

「お気になさらないでください。オーレリー様とデートできるなら、これぐらいお安い御用です」

「まあ、先生ったら」

俺の言葉に、オーレリーがくすりと楽しそうに笑う。

こうして見ると、本当に可愛らしい女の子だ。

王女にさえ生まれなければ、彼女ももっと普通の人生を送っていたのかもしれない……。

いや、それは違うな。

彼女が王女だったからこそ、俺たちはこうして出会えたのだから。

「おっと、そうだ……呼び方を考えなければいけませんね」

「呼び方、ですか？」

「ええ、まさかそのまま、オーレリー様と呼ぶわけにはいかないでしょうし」

「ああ、確かに……」

納得したようにオーレリーが頷く。

俺が王女様の家庭教師をやっていることは、国中で評判になっているからな。

念には念を入れておくに越したことはない。

「なにかご希望の名前などはありますか？」

「うーん……そうですね……先生が考えてください」

「ええっ、俺がですか？　断っておきますけど、その手のセンスは皆無ですよ」

「構いません。先生に考えていただきたいのです」

うーむ、参ったな。まさかそんな展開になろうとは……。

本当にその手のセンスはないんだが。

「では……レイリィ……というのはどうでしょうか？」

考えた末に、俺はそう口にしていた。オーレリーをちょっと変えてみたのだ。

「レイリィ……ですか、いいですね。私はいまからレイリィです」

「気に入っていただけたようで何よりです」

俺はホッとしながら言う。

「それでは、私のほうはどうしましょうか？　先生と呼んで大丈夫でしょうか」

「ああ、そうですね。それでしたら、スティドと名前でお呼びください」

「え、お名前だけで……ですか？」

「ええ」

なぜか顔を赤くしているオーレリーにそう答える。

俺のほうは正体を隠す必要はないからな。名前で呼ばれてもなんの問題もない。

「で、では……スティド様……」

「いやいや、様はいりませんよ。それではいつもどおりです。呼び捨てで構いません」

「よ、呼び捨てですか!?」

「は、はい」

予想外の王女様の反応に、俺はびっくりしつつも頷いて返す。

「もしかして、お嫌ですか？」

「嫌だなんてとんでもない……！　呼びます！　名前で!!」

「よ、よろしくお願いします」

「こほん……それでは、呼びますよ？」

「え、ええ」

真剣な様子のオーレリーに、何やらこっちまで緊張してしまう。

ごくりとつばを飲み込んだところで、彼女がゆっくりと口を開いた。

「ス、スティド……」

「は、はい」

「ふふ……言えました」

俺の名前を呼ぶと、オーレリーが嬉しそうに微笑む。

その笑顔に、俺はドキっとしてしまった。

「呼び捨てにするなんて……なんだか恋人同士みたいですね」

「えっ」

「い、いえ、なんでもありません」

顔を赤くしつつ、照れたように王女様が言う。

もしかしてそれで、はずかしそうにしていたのか？

そう思うと俺もさっきより、ドキドキしてきてしまった。

「あ、あの、スティド……も、私のことを呼んでみてください」

「は、はい、レイリィ様」

「様はいりません。貴方も……その、呼び捨てで」

「ええっ、そんな、恐れ多いっ!!」

「私はレイリィだからいいのです。だから、その丁寧な言葉遣いもやめてください」

「えええっ」

とんでもないことを言い出されてしまって、困ってしまう。

仮にも相手は王女様だっていうのに……。

「ほら、早く」

「えっと……」

「私は呼べたのに、あなたは呼べないというのですか？」

そう言って、じっと俺の顔を見つめてくる。

さっきまでとは打って変わって、急に積極的だ。

「わかりまし……わかったよ……レイリィ、これでいいか？」

「ええ、完璧です、ありがとうございます」

名前を呼んだだけなのにお礼を言われると、なんだか変な気分だ。

それからオーレリーは、俺ににっこりと笑顔を向けると言った。

「では、スティド。デートに行きましょう。エスコートをよろしくね」

「はい……じゃなくて、ああ、わかったよ、任せておいてくれ」

「ふふ、よろしい」

そんなわけで、俺と王女様による特別な一日が始まった。


「わぁ……これが城下町ですか」

「ああ、オーレ……レイリィは、こうしてゆっくり城下町に来るのは初めてか？」

前回はベルティユに見つかって、バタバタしてしまったしな。

「子供の頃に一度来たことはあるのですが……馬車の中だったのでよく覚えていなくて……」

「なるほど。それじゃ、今日はゆっくり見て回らないとな」

「ええ、よろしくお願いします！　あ、あれは何ですか!?」

目をキラキラと輝かせながら、まるで子供のようにはしゃいでいる。

王女様ともなると、こんな風に自由にすることはできないんだろうな。

「落ち着いて、時間はたっぷりあるから」

「あら、すみません、私ったら」

そう言って可愛らしく舌を出す。

こうして見ていると、本当に普通の女の子みたいだな……。

今日は彼女に楽しんでもらうためにも頑張らないと。

と、そう考えて俺は、重大なことに気付いていた。

「…………」

「あら？　スティド、どうしたの？」

「……いや、よく考えてみたら、こうして女の子とデートするのって俺も初めてだな、と」

「ええええっ、そうなんですか!?」

素直に伝えると、オーレリーが驚いた声を上げていた。

この年までデートもしたことのない男など、ドン引きだろう。

「スティドってすごくモテるだろうから、デートなんていっぱいしていると思いました」

「いやいや、まさか。俺なんて全然モテないですよ」

謙遜でもなんでもなかった。

継承魔法もなにもない没落寸前の貴族など、好き好んで相手する人間なんていない。

それも下法使いなどと揶揄されていれば、なおさらのことだ。

俺はその辺のことを、簡単にオーレリーに説明してみた。

「……まあ、そんなことでスティドの魅力に気づかないなんて、かわいそうな人たち」

「仕方がないよ。貴族とはそういう世界だから。というか、そもそも俺に魅力なんてないし」

「いいえ、そんなことはありませんっ!!」

「レ、レイリィ?」

いきなりオーレリーが、ぎゅっと俺の手を握りしめてくる。

そのまま、ずいっと顔を近づけてきた。

「少なくとも、私は貴方のことを魅力的な男性だと思っていますっ!」

「……あ、ありがとう」

「ひゅーひゅー、熱いねおふたりさん」

「いよっ、見せつけてくれるな」

「あ、あら、いやです、私ったら」

周りの声にハッと我に返ったように、オーレリーは俺から手を離した。

見れば顔が真っ赤になっている……多分、それは俺も同じだろう。

「いま言ったことは本当ですから。でなければ、その……」

「あ、ああ、そうだよね」

まったく思っていないなら、デートなんてしてくれるはずもないだろう。

確かに彼女は、恩があるからといって好きでもない相手に心を許すような、そんな人間ではない。

「君にそう言ってもらえるのはすごく嬉しいよ、ありがとう」

「いえ、本当のことですから」

顔を赤くしつつも、優しく笑ってくれる。

俺はそんな彼女に心の底から感謝していた。

「俺もその……君のことはとても魅力的な人だと思っているから」

「えっ……や、やだ、スティドったら……」

頬をかきながら言うと、彼女の顔がまた赤くなっていた。

思えば王宮以外で、オーレリーとこうして一緒にいる機会はなかったな。

こうして王女様ではない彼女と一緒にいると、今まで知らなかった面が見えてくる気がする。

「本当に見せつけてくれるね。焼けるよ、このっ」

「ここが街中だってこと忘れてないか？　おふたりさん」

「あ、あはは、これは申し訳ない」

俺は周りの人の言葉に照れつつ、そう返す。

自分たちが野次っている相手が王女様だと知ったら、目を剥いて驚くに違いないな。

「でも……スティドもデートするのは初めてなんですね」

「恥ずかしながら」

「いえ、貴方の初めてが私で嬉しいです。今日はめいっぱい楽しみましょうね」

「奇遇だね。俺も同じことを考えていたよ」

「まあ、本当ですか？　ふふふ」

俺たちは互いに笑い合う。

さあ、改めてオーレリーとのデートの始まりだ。


「それにしても、城下町というのは人がたくさんいるものなのですね」

周りを見ながらオーレリーが感心したように言う。

「まあ、国の主要な場所だからね。住んでいる人も多いし、店もいっぱいあるし」

便利な場所には人が集まり、そして物が集まる。

「これだけ人がいると、君のことを知っている人もいるだろうから注意しないとね」

「そうですね……でも、その心配はいらないと思いますよ。誰も気づいた様子はありませんし」

確かに服を変えたのが良かったのか、こちらを気にしている人間はいないようだ。

まあ、さっきはちょっと目立ってしまったが……。

「そういえば、お城をこっそり抜け出してきてしまいましたが大丈夫でしょうか？　一応部屋には誰も近づかないように言っておきましたが」

小声でオーレリーが聞いてくる。

「心配いらないよ。ちゃんと身代わりの魔法を使っておいたから」

「まあ、さすがはスティドね」

王女様がいないとバレたりしたら、大騒動間違いなしだ。

なので万が一誰か来ても気づかれないように、魔法をかけておいた。

その範囲内に足を踏み入れた者に、こちらの望む幻覚を見せることができるのだ。

「それじゃ安心してデートを続けましょう。あ、そうそう、あれは何なのかしら？」

「ああ、あれは露店だよ。ああやって商品を売っているんだ」

「まあ……ちょっと見てみましょうよ」

「あっ、レイリィっ」

露店に向かって走り出した彼女の後を慌てて追いかける。

王宮にいるときと違ってかなりアクティブだな。

「いらっしゃい」

「こんにちは、ちょっと見せていただいてもよろしいですか？」

「ああ、もちろん、好きなだけ見ていってくれ」

意外と自然に、店主とやり取りできているようだ。俺も後ろから品物を覗き込む。

どうやらここは、アクセサリーなどの小物を扱っているようだった。

「どれもきらきらしていて、とても綺麗ですね」

「これなんか、お嬢さんによくお似合いだと思いますよ。どうですか？」

店主が品物の一つを手に取って、オーレリーに見せる。

「わあ、とても素敵ですね」

とはいえ、普段彼女が身に着けているものとは、比べようのない安物ばかりだろう。

でもそれらを眺めているオーレリーの瞳は、純粋に輝いているようだった。

「よかったら、身に着けてみるかい？」

「ええっ、いいんですか？」

「もちろん、どれでも気に入ったものを着けてみて構わないよ」

「ええっと、ええっと、それじゃ……スティド、どれが私に似合うか選んでくれる？」

「え、お、俺!?」

まさかここでまた俺に振ってくるとは思わず、動揺してしまう。

「そりゃいい、彼氏なんだから、しっかりと彼女に似合うものを選んでやりな」

「や、やだ、店主様ったら、彼氏だなんてっ」

「おや、違ったのかい？　よくお似合いだったからてっきり」

「い、いいえ、別に違うというわけでは……ねぇ？」

そう言ってオーレリーが俺のことをちらちらと見てくる。

照れくさくはあるが、彼女がなんて言ってほしいのかはわかっていた。

「彼氏であってますよ」

「そうだろう！　こう見えて、人と品物を見る目には自信があるからね！」

「え、えへへ、というわけでよろしくお願いします」

「わかったよ」

男としてここで断ることなどできるだろうか？　否！　できるわけがない。

そんなわけで俺は、真剣にオーレリーに似合うものを選ぶことにした。

「うーむ……これとこれなんかどうかな？　あとこれも」

俺が手にしたのは花弁をかたどった髪飾り、シンプルなデザインのネックレス、そしてシルバーらしきもので加工されたリングだった。

「わあ、素敵ですね。さっそく試してみます」

オーレリーが、俺が選んだものを身に着けていく。

それから改めて、俺に聞いてきた。

「どうでしょうか？　似合っていますか？」

「うん、とてもよく似合っているよ」

俺は素直にそう答える。

元がいいからだろうか？　何を着けても文句なしに似合いそうだ。

「あは、本当ですか？」

「ああ、よく似合ってるよ。私も保証しよう。まるでお嬢さんのためにあつらえたかのようだ」

さすが商売人らしく、店主が調子のいいことを言う。

でも本当にどれも、オーレリーによく似合っていた。

「まるで、そうしているとお姫様みたいだね」

「えっ……！　そ、そんなことありませんよっ」

動揺した様子でオーレリーが答える。

今のは商売文句であって、正体がバレたわけではないだろうに。

「いやいや、謙遜しなくていいって。彼氏さんもそう思うだろ？」

「あ、あはは、そうですね。あの、これ全部ください」

「毎度ありっ」

「包装はいいです。このままつけていきますから」

そう言って俺は店主に代金を払うと、オーレリーの手を取った。

「さあ行こう、レイリィ」

「あ、スティド」

そのまま、彼女がボロを出さない内に引っ張っていく。

それから少し離れたところまで行くと、立ち止まった。

「あの、いまの人、私のことに気付いていたのでは？」

「いや、大丈夫……あれはなんというか、お世辞のようなものだから」

俺は簡単に、商売人が使う手法だということを説明した。

「なんだ、そうだったんですね。ドキドキしてしまいました」

ホッとしたようにオーレリーが笑う。こういう世間知らずなところはやっぱり王女様だな。

「でも……似合っていると言ってくれたのも、お世辞だったのですね、残念です」

「いや、それはお世辞じゃなくて本心だと思うよ……だって、俺もそう思うから」

「スティド……ありがとう、貴方にそう言ってもらえるのが一番うれしいです！」

そう言って、心の底から本当にうれしそうに笑う。

当たり前だが、勉強しているときは真剣な表情ばかりだったからな……。

こんな風にたくさん彼女の笑顔を見ることができるのは、初めてかもしれない。

「あ、そうだ、品物の代金ですが……」

「構わないよ。それは俺からのプレゼントだ」

「え、でも……」

「いいんだ、今日の初デートの記念にね、受け取ってほしい」

「ありがとうございます。ずっと大事にしますね！」

「まあ、君にプレゼントするには、ちょっと安物かもしれないけど……」

「値段なんて関係ありません。貴方がプレゼントしてくれたことに意味があるのです」

「そ、そっか」

眩しいばかりの笑顔を向けるオーレリーの言葉に、俺はぽりぽりと頬をかく。

思えば女の子にプレゼントなんてするのも、今日が初めてかもしれない。

「おいおい、またあんたらか。本当に仲がいいな」

「かーっ、まったく目の毒だな」

どうやら、さっきの場所まで戻っていたようだ。さすがに恥ずかしい。

「あ、あはは、こりゃどうも。次に行こう、レイリィ」

「はい、スティド」

俺の言葉に頷くと、オーレリーが手を差し出してくる。

思わず彼女の顔と、その手を見比べてしまった。

「あれ、違っていましたか？　周りの恋人同士は手をつないでいるようでしたので」

「いや、違わない。それでいいんだよ」

俺は「恋人同士」という言葉にドキリとし、ちょっと緊張しつつも彼女の手を握った。


そしてそれからも、オーレリーの興味は尽きることがなかった。

「見てください、スティド！　食べ物を売っていますよ！　これはなんというものでしょうか？」

「串焼きを知らないのかい？　お嬢さん。ホロホロ鳥の肉を焼いたものだ。美味しいよ」

「串焼き……初めて見ます……いい匂いですね……」

興味深そうに串焼きを見つめている。

「おじさん、それ、二本もらえる？」

「はいよっ、毎度っ!!」

代金を払って串焼きを受け取ると、オーレリーに片方を差し出す。

「はい、どうぞ」

「すごいです、スティド！　よく私が食べたいとわかりましたねっ!!」

「はは、まあね」

あれだけ熱心に見つめていたら、わからないほうがおかしいだろう。

しかしオーレリは串焼きを受け取ると、困ったように俺のことを見てきた。

「どうしたの？」

「あの……これはどうやって食べるものなのでしょうか？」

「ああ、これはこうやって食べるんだよ」

俺は手にした串焼きにそのままがぶりとかぶりつく。

「まあ、直接ですか!?」

「うん、美味しいよ」

「そんなはしたない……でも、いま私はレイリィですものね……えいっ！」

思い切ったように、王女様が串焼きにかぶりついた。

そのままもぐもぐと咀嚼を繰り返す。

「どうだい？」

「……これは、とっても美味しいです！」

「それは良かった」

「お父様たちにも召し上がっていただきたいぐらいです。今度料理長にお願いしてみましょうか？」

「そうしたら、きっと目を丸くして驚くだろうね」

「あはは、そうですね」

俺たちは互いに笑い合う。

そうしてそのあとも、時間を忘れてデートを続けていった。

「今日は時間的にも、ここまでですね。どうですか？　楽しんでいただけましたか？」

「はい、先生。ありがとうございました。本当に、夢のような時間でした……」

約束は約束。

そのために魔法を使ってごまかしたりはしたものの、俺はオーレリーとのデートを果たした。

「そう言ってもらえて嬉しいです。私も本当に楽しかったですから」

「……あの、先生。突然、こんなことをお願いして、はしたない女などと思わないでくださいね？」

「オーレリー様？」

「わたくし、先生のことをお慕い申し上げております。ですからどうか、ひと時の思い出を下さらないでしょうか？」

「オーレリー様、それは……」

「お願いします、どうか……この前の試技の結果で、おそらくわたくしは、この国のためになる相手と結婚をさせられるでしょう。その前に……初めては先生にもらっていただきたいのです」

皮肉なことではあるが、あの試技の結果により、オーレリーは王族としての自分の価値を証明したことになる。

その結果、これからは彼女に求愛する者が、次から次へと現れることは間違いのないことだった。

「わたくしは、王家の一員として、この国のために結婚することは当然のことだと思っていました。

けれども今は……。恋を知らなかっただけなのです。お願いします、先生。どうか……」

彼女のお願いを断ることは簡単だ。

お互いの立場を考えれば、そうしたほうが絶対にいい。

だが俺は……オーレリーのまっすぐな想いを受け止めてあげたかった。

何故なら彼女は王女である前に、ひとりの女の子だったのだから……。

「わかりました、オーレリー様。俺でいいのなら」

「先生がよいのです。先生でなければ駄目です」

迷いのない声でオーレリーが言う。

いつしか俺たちは見つめ合い、そこから唇が重なり合うまで、そう時間はかからなかった。


「本当にいいんですね？　オーレリー様」

「はい……あの、先生、一つお願いがあるのですが……」

「何でしょう？」

「今だけで構いません……私のことをオーレリーと呼んでいただけないですか？」

「それは……」

「お願いします……」

オーレリーが潤んだ瞳で俺のことを見つめてくる。

こんな真剣にお願いされては、断ることはできないだろう。

「わかったよ、オーレリー。これでいいかい？」

さきほどまでの偽名とは違う。俺自身の気持ちを伝えるためにも、そう呼んだ。

「はい！　先生、ありがとうございますっ」

ぱあっと、オーレリーが顔を輝かせる。

本来であれば、王女様に対してこんな口の利き方は許されない。

だが考えてみれば、これからそれ以上に不敬な行いを働こうとしているのだ。

今更、細かいことを気にしても仕方がないだろう。

「あの、それでは先生……お願いします」

頬を赤らめながら、オーレリーが言う。

緊張からか、その声は微かに震えていた。

俺はそんなオーレリーの頬に、そっと優しく手で触れた。

「あっ……」

「大丈夫。安心して、体の力を抜いてください」

「先生……んっ、ちゅっ……」

まずは軽く唇を重ね合う。

そのまま何度か小鳥がついばむように、キスをして彼女の柔らかな唇を味わった。

「んっ、ちゅっ、んちゅっ、ちゅっ……」

そうすると、だんだんオーレリーの体から力が抜けていくのがわかる。

頃合いを見計らい、今度はしっかりと唇を重ね合う。

オーレリーは抵抗することなく、それを受け入れていた。

「ちゅちゅっ……んむっ、ちゅちゅっ……ちゅっ、ちゅぱちゅぱ……」

少し強めに唇を吸うと、オーレリーの体がびくっと震えた。

俺は舌を、彼女の唇の間に割り込ませていく。

「んっ、んんっ!?　んむっ、せ、先生?　ちゅっ、んちゅっ」

「そのまま俺の舌に舌を絡めて……れるっ……ちゅぷぷっ……ちゅちゅっ……」

「は、はい……んちゅっ……ちゅぱちゅぱ、ちゅくちゅく……」

オーレリーが健気に俺の言葉に応えようとする。

おどおどとしながらも、必死に舌を絡ませてきた。

「はぷっ、んちゅうっ……ちゅるるっ、ぴちゃぴちゃ……ちゅっ、ちゅぱちゅぱ……ちゅっ、じゅぷぷっ……」

興奮してきたのか、オーレリーの口の中が熱を帯びていく。

俺は絡めることを止め、彼女の舌を強めに吸う。

「んむぅうっ!?　んっ、んんっ、んあぁっ……!!」

突然与えられた刺激に、オーレリーが大きく目を見開く。

何度か小さく体を震わせていた。

俺はじっくりと彼女の口の中を味わい、そっと唇を離した。

「ぷあっ……はあはあっ……」

オーレリーが荒く息を吐き出す。

俺たちの唇の間には透明な糸がいやらしくきらめいていた。

「どうだった？　オーレリー、キスの味は？」

「わたくし、キスをしたのは初めてなのですが……こんなにも刺激的なものなのですね……恥ずかしながら、なんだか体が熱くなってしまいました……」

潤んだ瞳で俺を見ながら言う。

俺自身、王女にいやらしいことをしているという事実に酷く興奮してきていた。

「本当に刺激的なのはこれからだよ……」

「きゃっ、せ、先生、そこは……んあっ、あ、あんっ」

俺はオーレリーの胸を服の上から揉んでいく。

その刺激に彼女は小さく声を上げていた。

「あっ、あんっ、駄目です、このようなこと……ふあっ、あ、ああっ……」

「ダメじゃない。エッチをするときはみんなしていることだ」

「そ、そうなのですか？　んっ、んんっ、んあっ……」

「ああ、だからもっと素直に感じて」

「んんっ、わかりました……あふっ、あ、あっあ、あんっ、あ、んんっ、んくぅっ」

俺はオーレリーの両胸を揉んでいく。

さすが王族だけあって、何とも立派なものをお持ちだ。

いや、王族は関係ないか？

そんなどうでもいいことを考えつつ、彼女の胸の柔らかさを楽しむ。

俺の手の動きに合わせて、面白いように形を変えていた。

「あんっ、先生、わたくし、なんだか　変なんです……ふぁあっ、体、どんどん熱くなって……んんぅっ、声出ちゃいます……ひあぁっ」

「それはキミが感じている証拠だよ。もっと受け入れて……」

オーレリーの反応に、俺は今まで以上に激しく胸を揉んでいく。

胸の中心にある突起に刺激を与えることも忘れない。

「ふあぁあっ!?　やんっ、そこっ、刺激強すぎます……あぁっ、やぅっ、こんな、いやらしい……ふああぁあっ！」

「どうやらオーレリーは感じやすいみたいだね。可愛い声が出ているよ」

「い、言わないでください、恥ずかしいです……あんっ、あ、あうっ、あ、あふっ、あ、あぁっ」

強めに胸を揉むと、オーレリーが大きく体を震わせる。

手のひらに伝わる心臓の鼓動は、まるで早鐘のようだった。

「いいじゃないか。オーレリーのエッチな声、もっと聞かせてくれ」

「せ、先生……やんっ、ん、んくっ、ん、んっん、んんっ、ん、んうぅぅっ!!」

本当にオーレリーは感じやすいようだった。

その反応に俺の愛撫にも熱が入る。

中心の突起が硬くなっているのを感じて、指でつまんでみる。

「ああっ!?　やっ、先生、そこは……ああっ、駄目ですっ、体が痺れて……ひうぅぅっ！」

「乳首を弄られるのが好きみたいだね？」

ぎゅっと強めに引っ張ってみる。

「駄目っ、駄目ですぅっ!!　ああーっ!!」

一際大きな声を上げると、オーレリーがガクガクと膝を震わせた。

そのままぺたりと座り込んでしまう。

「お、おい、大丈夫か？」

予想外のことに俺はつい慌ててしまう。

すると、荒く息を吐き出しながらオーレリーが見上げてきた。

「は、はい……すみません、わたくし、気をやってしまったようです……んんっ……」

恥ずかしそうにオーレリーが言う。

どうやら今ので軽くイッてしまったらしい。

「本当にオーレリーは感じやすいみたいだな」

「……王女なのに、恥ずかしいです……」

「そんなの関係ないさ。それに俺は感じやすい女の子は好きだよ」

「先生、本当ですか？」

「ああ、その証拠に、ほら」

俺はズボンから勃起したペニスを取り出すと、オーレリーに見せつけるようにする。

「きゃっ、こ、これって……」

「オーレリーの反応に興奮してこんなになったんだよ。早くキミと一つになりたいって言ってる」

「嬉しい……わたくしで興奮してくれたのですね……」

「ああ……キミが欲しい。いいかな？」

「はい、もちろんです……わたくしの全て、貰ってください……」

俺が手を差し出すと、オーレリーがそれに捕まって立ち上がる。

「じゃあ、そこの柱に手をついてくれるかな？」

「えっ、こ、こうですか？」

戸惑った声を上げつつも、素直に俺の言葉に従ってくれる。

「うん、いいよ。そしたらお尻をこちらに突き出して」

「は、はい……」

恥ずかしそうにしながらも、オーレリーがこちらにお尻を突き出してくる。

王女様のその恰好は、あまりに煽情的だった。

俺はオーレリーのお尻に手を伸ばすと、スカートをまくりあげてしまう。

「きゃっ、先生？」

「じっとしているんだ」

オーレリーにそう言いながら、下着に包まれた形の良いお尻を軽く撫でる。

むっちりとした感触が手のひらに心地いい。

「おや、これは……」

「ひゃっ、そ、そこは、んんっ」

股間に手を伸ばすと、そこはびちょびちょに濡れていた。

先ほど軽くイッたからだろう。

「すごく濡れているね。これなら大丈夫そうだ」

「あっ、ああっ、先生……ふあぁっ……」

俺は指で股間の部分の布をずらす。

「オーレリーのここ、モノ欲しそうにひくついているよ……愛液で光ってとてもエッチだ」

「や、やだ、見ないでください……んんっ……」

オーレリーの反応に俺の体がぞくぞくと震える。

今は身分など関係なく、彼女の全ては俺のモノだった。

「じゃあ、いくよ。体の力を抜いて」

「は、はい……ああ、ついに先生と一つ……」

悦びをにじませた声でオーレリーが言う。

俺はそれを耳にしながら割れ目にペニスを宛がう。

「んんっ……は、入って、入ってきます……んくぅっ……！」

「息を吐いて、俺のモノを受け入れて……」

「はいぃ……あんっ、あ、ああっ、あっあ、ああっ、太い、大きいです……！」

愛液の力を借りながら、俺のモノがゆっくりと飲み込まれていく。

あまり時間をかけても可哀そうだ。俺はオーレリーの腰を掴むと、一気に奥まで突き入れた。

ぶちぶちっと何か突き破る感触の後、ずるりとペニスが全てのみ込まれた。

「あぐっ！　あっ、あ、んぅぅっ、ん、んぐっ、んあぁあっ」

挿入の衝撃にオーレリーが大きく背中を仰け反らすと同時に、膣が痛いほどに俺のモノを締めつけてきていた。

「ふう、全部入ったよ……」

「は、はい、わかります……先生が、わたくしの中にいるのが……んんっ、んぅっ……」

「本当かい？　いま、中に入っているのが何か言えるかな？」

「え、そ、それは、その……」

「おチンポだよ。ほら、言ってごらん」

「そ、そんなはしたないこと、言えません……んくっ……」

「エッチをする上で大事なことなんだ。だから、ほら、恥ずかしがらずに、おまんこの中におチンポが入っているって言うんだ」

俺はオーレリーの背中を指でなぞるようにしながら促す。

その感触に彼女は体をぞくぞくと震わせながら、不慣れな膣でペニスを締めつけてきた。

「はあはあっ、わ、わたくしの……お……おまんこに、先生のおチンポが入って、ますぅ……！」

王女である彼女が、普通であれば絶対に口にしないような言葉を言った。

そのことに、俺はとてつもない興奮を覚える。

「ひゃんっ、先生のおチンポ、まだ大きくなってます……ひうぅっ!!」

「たっぷり可愛がってあげるからな。しっかり俺のチンポを味わってくれ」

もうじっとしているのは無理だった。俺は激しく腰を動かし始める。

「あっあ、先生がわたくしの中で動いて……ひあぁっ、あ、あんっ、あ、ああっ、これ、すごいですっ！　セックス……これが……ひうぅうっ!!」

往復を開始すると、オーレリーの中はすぐに反応していた。

愛液で十分に潤った膣内を、ガチガチに硬くなったペニスでこれでもかと擦ってやる。

「ひあぁっ、あっあ、ああっ、これ、すごいですっ、想像していたよりもずっと……んっん、んうぅっ！」

「ん？　オーレリーは、男とすることを想像たことがあるのか？」

「は、はい、先生のことを好きになってから……ひあぁっ……か、考えるようになりました……あっあ、あふっ！」

「そうだったのか……。これが本物だぞ。じゃあ、いっぱい気持ちよくなってくれ」

「んんっ、んああっ、激しいですっ、あっあ、あひっ、あ、あっあ、あんっ、んあぁあっ！」

彼女を満足させるために、俺はこれでもかと腰を打ちつけていく。

オーレリーは初めてとは思えない乱れっぷりだった。自慰で快感には慣れているのかもしれない。

誰も知らないであろう、王女のそんないやらしい姿に、俺はますます興奮してしまう。

しかも後ろから獣のように、好きなように犯しているのだ。

「お、おチンポ、奥まで届いて……ひあぁっ、す、ごっ、すごいですっ、んっん、んうぅっ、ん、んんーっ!!」

先端にゴツゴツと子宮口が当たるのがわかる。感じすぎるあまり、そこまで降りてきてしまったようだ。

まるで精液をねだるように先端にしゃぶりついてくる。

「本当にいやらしい王女様だ。ほら、感じているんだろう？　ほらほらっ」

「はひっ、おチンポ、気持ちいいですっ。ひうぅっ、自分で慰めるより、いいんですっ。ひゃんっ、ん、んはぁっ、ん、んくぅっ!!」

嬌声を上げながら、いまとんでもないことを口にしたような気がする。

だが絡みつき、締めつけてくる彼女の膣内を前に、俺もそれどころではなくなっていた。

きつい膣内でしごかれ、一気に限界が迫ってくる。

「あっあ、あひっ、あ、あくぅっ、頭の中、真っ白になっちゃうっ！　せ、先生、わたくし、イ、イキそうです……ふあぁあっ！」

「いいぞ、イッて……！　俺も、たっぷりキミの中に出してやるからな」

「だ、出すって？　あんっ、あふっ、あ、あぁあっ」

「赤ちゃんの元だよ。オーレリーの子宮にたっぷり注ぎ込んでやるっ」

「ふあぁっ、は、はい、欲しいですっ、先生の赤ちゃんの元っ、わたくしの中にいっぱい出してください っ！」

俺の言葉に反応してか、とてつもない勢いで膣内が締めつけてくる。

あまりの快感に耐えきれず、俺はぴったりと腰を押しつけながら、その最奥で射精していた。

「ふあぁあぁあぁあぁあぁあぁあっ‼」

それを受けて、オーレリーが大きく背中を仰け反らせる。

どうやら彼女も達したようだ。

「あっ、あぁっ、熱いのが、こんなにいっぱい……んんっ、溢れてしまいます……ひうぅっ」

そして射精を終えると、オーレリーがうっとりとした声で言う。

俺は気だるい満足感に浸りながらその言葉を聞いていた。


オーレリーを抱いた後、俺は一つの決意を固めていた。

このまま彼女を他の誰かと結婚させるわけにはいかない。いや、させたくないのだ。

幸いといってはなんだが、彼女は第二王女。無理に政治的な結婚をさせなくとも、国が大きなダメージを受けることはない。

ならばどうするか……？　そのための方法は一つだ。

「俺はオーレリー様と結婚したい。だから、そのために勘当してほしい」

両親を前に、俺はそう言っていた。

そう……俺は彼女を連れて、この国を出るつもりでいた。

しかし何も考えずにそんなことをすれば、残された家族がただではすまない。

そのために、自分たちには一切何の関係もないと縁を切ってもらうことにしたのだ。

「本気で言っているのか？　スティド」

「ああ、バカなことを言っているのはわかってる。だけど、本気だよ」

俺は父上の目をまっすぐに見ながら答える。

「もちろん、俺を勘当してもこの国に留まるのは難しいと思う。だから、父さんたちには亡命してほしいんだ」

「ずいぶんと勝手なことを言うのだな。私たちに今までの暮らしを捨てろと？」

「それは……親不孝な息子だとは思うけど、それでもお願いします」

深々と頭を下げながら言う。

「そうか、わかった。なら準備をしないとな」

「ええ、そうですね。この年でまさか、別の国に行くことになるとは思わなかったわ」

「まあ、これも可愛い孫の頼みだからね。仕方ないさ」

父上だけでなく、お母様もお婆様も、あっけらかんとした顔で話をしている。

「どうした、スティド。ぽかんとした顔をして」

「いや、俺が頼んだことだけれど、そんなあっさり……いいの？」

「お前が決めたことなら文句はないさ。男なら愛する人を守ってやらないとな」

「そうよ、あなたのしようとしていることは間違っていないわ。胸を張りなさい」

「ただ、やるなら最後までしっかりとやり通すんだよ」

「お父さま、お母様、お婆様……ありがとう」

みんな、俺の自分勝手なわがままを聞いてくれていた。

この世界で、この家族のもとに生まれることができたのは本当に幸運だった。

そう、心の底から思った。


「というわけで、俺はオーレリー様を連れて逃げることにした」

「へー、いいんじゃない？」

「そうなると、この国を出ないといけないのよね。まあ、孤児院のほうもスティドのおかげで私がいなくても、しばらくは大丈夫そうだし」

俺の話しを聞いたベルティユもマエリスも、こともなげにそう言った。

「って、まさかふたりとも、ついてくるつもりか？」

「当たり前でしょ。というか、まさか置いていくつもりだったんじゃないでしょうね」

「そうよ。なんと言われたってついていくから。責任を取るって言ったのは嘘だったの？　兄さん」

「いや、でも、俺の事情で迷惑をかけるわけには……」

家族はともかく、ふたりにまで迷惑をかけるのはあまりにも心苦しい。だからそう口にしたのだが、何やら不満そうな表情を浮かべていた。

「いまさら何言っているのよ。あなたが決めたことなら、なんの文句もないわ」

「そうよ、置いていったら一生恨むから」

「だけど……」

「だけどじゃないの。私たちの決意は変わらないから」

「そうそう、王女様も含めて私たちも一緒に愛してよね」

「……わかった。そこまで言うなら、ついてきてくれ」

俺だってふたりと別れたくはない。覚悟が本気なら、俺が守り通せばいいだけのことだ。

「よし、そうと決まれば、ちゃんと私たちのことを愛せるのか確かめないとね」

「ええ、これからもうひとり増えるわけだし、大事なことよね」

「お、おい、ふたりとも？」

じりじりとふたりがにじり寄ってくる。そのまま俺は押し倒されてしまった。

「ほら、ちゃんと気持ちよくしなさい」

「そうそう、これからのために、一緒のエッチもしっかり練習しておかないとね」

「そんな練習、必要なんだろうか……」

王女の件が無事に片付くかどうかはわからない。

仮に上手くいったとしても、みんなでする……というのは、現実離れしているような。

「難しいことは考えないの。それに、こういうの嫌いじゃないでしょう？」

「そうだよね、兄さんのここ、もう大きくなってるもの」

マエリスが、俺のモノを見ながら言う。

確かに彼女の言うとおり、すっかり元気になってしまっていた。

ちなみにふたりとも、座り込んだ俺のモノにひざまずくような恰好で顔を近づけている。

時折、吐息がふれるのがくすぐったい。

「それじゃまずは、しっかりチンポを味わわせてもらおうかしら」

「賛成。それじゃお先に……れるっ……んちゅっ……ちゅるるっ……うん、やっぱりこの味、クセになる……れるるっ……」

「あ、ずるいわよ。私も……ちゅっ、ちゅちゅ、んちゅっ、ぴちゃぴちゃ……ちゅちゅっ……！」

「うくっ、そんなふたり同時になんて……」

「ふふ、嬉しいでしょ？　チンポもひくひく震えて喜んでいるわよ」

「もう先っぽからエッチな汁出てきてる……れりゅりゅっ、ちゅぱちゅぱ……ちゅっ……ちゅるるっ……！」

左右から同時に、俺のモノに舌を這わせていく。

美女ふたりが競い合うように舐める姿は、あまりにもいやらしい。

「んっん、んちゅっ、ちゅくちゅく、ちゅちゅっ、ぴちゅぴちゅ、ちゅくちゅく、んちゅっ、ちゅちゅっ……」

「どんどん溢れてくる。舐めても舐めても、舐めきれないわ……れりゅっ……ちゅぷぷっ……」

ペニスを這うふたりの舌も、熱くなっていくのがわかる。

お尻をくねらせながら、さらに大胆に激しく、俺のモノを刺激していく。

「はあはあ、激しすぎるよ、ふたりとも」

「ふふ、ガマンできなくなったらいつでも射精していいのよ。ちゅぴちゅぴ……ちゅくちゅく……ちゅっ、ちゅぷぷっ」

「うんうん。私、スティド兄さんの精液の味、好きだから。ちゅぱちゅぱ、んちゅっ、ちゅちゅっ、ちゅるるるっ！」

亀頭と竿を同時に責められて、思わず声を上げてしまう。

ひとりにされるときよりも、格段に快感が増していた。

しかもふたりともが的確に、俺の弱いところを責めてくる。

「んちゅっ、ちゅちゅっ、ぴちゃぴちゃ、ちゅっ、ちゅくちゅく、んちゅっ、ちゅっちゅっ……!!」

「れるる……ちゅぱちゅぱ、おちんちん、おいしい……ちゅちゅっ、ちゅぷぷっ」

「ふふっ、先っぽもらうわね。はぷっ、んちゅっ、ちゅぱちゅぱ、ちゅっ、じゅるるっ」

「ああっ！　ベルティユ、ずるい。じゃあ、私は根元のところを……ちゅぱちゅぱ、ちゅっ、ちゅちゅっ……」

「んちゅっ、ひゃるじゃなひ……んむっ、んちゅっ、ちゅぽちゅぽっ」

「ふふ、そう簡単に負けたりしないんだから……れりゅっ、れるるっ……んちゅぅっ！」

ベルティユが先っぽを咥えたかと思うと、強めに吸ってくる。

マエリスは根元の部分にねっとりと舌を這わせながら、手を使って睾丸を柔らかく揉んできた。

休みなく与えられる激しい快感を前に、頭がくらくらしてきてしまう。

「ちゅぷぷっ、んむっ、チンポ、すっごく口の中で暴れてる……じゅぷぷっ、ちゅぴちゅぴ……ちゅうぅうっ！」

「もう我慢できなくなっちゃったの？　れるっ、くちゅくちゅ……いいんだよ、いつでも射精して。ぴちゃぴちゃ。ちゅるるっ」

「ええ、そうよ。ビュービューって出して、気持ちよくなって。ちゅぱちゅぱ、ちゅっちゅっ……ちゅぷぷっ」

容赦なくふたりが俺のモノを責め立ててくる。この調子では間違いなく、すぐにイカされてしまう。

俺はどうにかふたりの責めに耐えつつ、口を開いた。

「ま、待ってくれ、ふたりとも」

「ぷぁっ、あら、どうしたの？」

「まさか、私たちにされるのが気に入らないとか？」

「いや、そうじゃなくて……どうせ出すなら、ふたりの中に出したいなと」

正直な気持ちを口にすると、ふたりは顔を見合わせた。

「なんだ、やる気十分なんじゃない」

「本当、これなら王女様が増えても大丈夫そうね」

「いいわ、私もあなたのモノが欲しくなっていたところだし」

ベルティユが、うっとりとそう誘ってくる。

「気がすむまで、ここにスティド兄さんの精液、出していいんだからね」

マエリスもそう言って、潤んだ瞳を向けてきた。

俺たちは全員、完全にスイッチが入ってしまった。

こうなればもう、最後まで突き進むだけだ。

「それじゃ。まずは私からね」

「仕方ないわね。さっさとイッちゃいなさいよ」

どちらが先に挿入するかで軽くもめた後、コインで順番を決めることになった。

その結果、マエリスが当たりを引いたのだった。

さっそく嬉しそうに、俺の上にまたがってくる。

「兄さんのおちんちん、たっぷり楽しませてもらうから……んっ、んくっ……んうぅっ……！」

ペニスが熱くぬめる膣肉に包み込まれていくのは、ほんとうに気持ちいい。

挿入の刺激に反応して、膣内も即座に締めつけてきた。

「マエリス、気持ちよさそうな顔……私もしっかり気持ちよくしてよね」

「ああ、わかってるよ。れるっ……んちゅっ……ちゅっ……れるるっ……」

俺の顔の前には、ベルティユのまんこがあった。何も隠すものがなく、いやらしくひくついているそこに、俺は舌を這わせた。

「あんっ、ぬるぬるしたのが動いて……ふぁっ、あんっ、あ、いいわ、そこよ……んんっ」

舌の動きに合わせて、ベルティユがいやらしい声を出す。

こうしてベルティユを責めながらも、俺のペニスはマエリスによって高められていた。

「あっあ、あんっ、やっぱり兄さんのチンポ、いいっ……んくぅっ、奥にゴツゴツ当たって……ひぐっ、ん、んうぅっ!!」

マエリスの秘裂は、すでに十分なほど潤っていた。

俺のモノを出し入れする音がいやらしく響いている。

「もう、マエリスたったら、すっかりおまんこ、びちょびちょになってるじゃない。こんなにエッチな音させちゃって」

「やっ、言わないで……恥ずかしい……んっ、んっ、ふあぁっ！」

ベルティユの言葉に反応したのか、マエリスの膣内がきつく締めつけてくる。

その間にも、俺はベルティユのアソコを舌で舐め続ける。

割れ目に沿って動かしたり、舌先を中に突き入れたりを繰り返しているうちに、彼女の秘部も愛液で潤い始めていた。

「んっ、ちゅっ、そう言うベルティユだって、おまんこ、びちょびちょになってるぞ？　ちゅぱちゅぱっ、ちゅっ、ぴちゅぴちゅ」

「あっ、やんっ、音立てないで……ふあぁっ、それ、すっごくいやらしい……あふっ、あ、あ、あんっ」

「ベルティユだってしっかり感じているんじゃない。とってもエッチな顔してるわよ」

「そうね、んくっ、三人でするのって、いつも以上に興奮するかも……こんなことだってできるし……」

「きゃっ、ちょ、ちょっと、ベルティユ？　やだっ、あっ、ダメっ、ん、んくぅっ、そんな、おっぱい揉まないで……ひあぁっ」

俺からはベルティユのおまんこでよく見えないが、声の様子で大体の状況はわかる。

どうやらベルティユが、マエリスのおっぱいを揉んでいるようだ。

その光景を想像すると、なんとも言えず興奮してしまう。

「あなたもなかなかいいおっぱいしてるじゃない。どう？　感じる？」

「やんっ、女同士でこんな……んんっ、そこ、ダメっ……あっあ、あんっ、あぁあっ！」

「細かいこと言わないの。一緒にエッチしてるんだからいいじゃない。ほら、乳首硬くなってきたわよ？」

「ああっ、こりこりしないでっ。んっん、んくっ、ん、ん、んあぁぁあっ！」

「かなりいいみたいだな。マエリスのおまんこ、すごく締めつけてきてるよ」

ぎゅうぎゅうと、これでもかと膣内が俺のモノを締めつけていた。

熱く蕩けながらも、ぬるぬると絡みついてくる。

「も、もう、スティド兄さん、そんなこと言わなくていいの……ひうぅっ、んっん、んぁっ、あ、あんっ、あ、あふっ」

「ふふ、マエリス、可愛い。スティドが手を出すのもわかるわ……ほら、もっと顔を近づけて」

「えっ？　んんーっ!?　やっ、ちゅっ、んちゅっ、ちゅちゅ、ベルティユ、何を……んちゅうっ！」

「何ってキスよ。せっかくなんだし、お互いにもっと気持ちよくなりましょう？　ほら、もっと舌を絡めて」

「あんっ、女の子同士でこんなエッチなキス、ダメっ……ちゅちゅっ……れるるっ……ぴちゅぴちゅ……ちゅるるっ……！」

「おっぱいも押し付け合って……れるるっ……んんっ、乳首こすれ合うと……感じちゃう……ちゅぱちゅぱ……」

美女ふたりの絡み合いは、さらに過激さを増しているようだった。

俺もますます興奮してしまい、マエリスに腰を突き上げつつ、さらに激しくベルティユの穴を舌で責め立てる。

「あっ、あ、あんっ、あぁっ、あんっ、いいわ、スティド……ひうぅっ、舌、私の中で動いて……んんぅっ!!」

「こんなのエッチすぎて、んんーっ、なにも考えられなくなっちゃうっ……ひゃんっ、ん、んあぁっ、ん、んひぃっ!!」

「ベルティユのここ、愛液が溢れてきて、舐めきれないよ……俺のこと言えないじゃないか」

「はあはあ、だって、こんなことしていて、興奮するなっていうほうが無理でしょう？　んんっ、んくっ、あっあ、あんっ、あふっ」

「まあ、確かにそれはそうだな。れるっ、れるるっ！」

俺はベルティユのクリトリスの皮を舌で剥くと、口に咥えて思いきり吸ってやった。

するど彼女がびくびくと腰を震わせる。

「ん、んちゅっ、それ、いいのっ、スティド、もっとしてっ。んちゅっ、ちゅぱちゅぱっ、ちゅるるっ……！」

「あんっ、ベルティユの舌、ぬるぬるしてて……ふあぁっ、体ぞくぞくってしちゃう……やんっ、れるっ……ちゅっちゅっ……ちゅぷぷっ！」

俺たちは三人で激しく絡み合う。そしてそれがより強い快感を生みだしていた。

「ふあぁあぁっ、あ、あんっ、スティド、すごく上手よ……んうぅっ、私のおまんこ、とっても喜んでる……んくぅっ」

「私も、んんっ、おちんちん良すぎて、腰、止まらないのっ!!　ひあぁっ、あ、あふっ、あっあ、あ、あ、あぁああっ！」

全員で夢中になって快感を求め合う。

必死になってマエリスの中を往復しながら、ベルティユの秘部を責め立てる。その両方の刺激を

前に、凄まじい勢いで限界が近づいているのがわかった。

「あんっ、キスも、おっぱいが擦れ合うのも、チンポで突かれるのも全部気持ちいいっ。んちゅっ、ちゅっ、ちゅぱちゅぱっ」

「私もっ……んんっ、んちゅっ、みんなでエッチするのがこんなにいいなんて思わなかったわ……ぴちゃぴちゃっ、んちゅっ‼」

「ふたりとも、おまんこがすごく締めつけてきてるよ……ものすごく興奮してるんだな」

「え、ええ、んちゅっ、良すぎておかしくなりそう。あんっ、あ、あうっ、はひっ、ん、ん、んうぅうっ！」

「ちゅぷぷっ、ちゅっ、んちゅっ、はあぁっ、私も……んんーっ、すごいのきちゃう……はひっ」

「俺も、あんまりふたりがいやらしくてイキそうだよ」

もっと楽しんでいたいけれど、これ以上耐えるのは無理そうだった。

ゴール目指して、腰の動きと舌での責めが、さらに激しさを増していく。

「あっあ、あんっ、いいよ、イって。私の中に、兄さんの熱くて濃いのちょうだいっ！　あんっ、あひっ、あ、あ、あぁっ！」

「はあはあっ、あんっ、一緒に、みんなで一緒にイキましょうっ！　んんっ、私もイクからぁっ‼」

「ああ、イクときはみんな一緒だっ。れるるっ、ぴちゃぴちゃ、ちゅちゅっ、ちゅるるっ、れるっ……れりゅりゅっ！」

「んくっ、ん、んんっ、おちんちん、中でびくびくって暴れてる……あっあ、ダメっ、イクっ、イクイクっ、イッちゃうっ!!」

「わ、私も……はひっ、んっん、んぅぅっ、スティドにおまんこ舐められて……イクううぅぅうっ!!」

「い、いいぞ、イケ、イッちまえっ！」

俺はトドメとばかりに無心で、ベルティユのクリトリスを強く吸う。

そしてマエリスのおまんこを、思いきり下から突き上げた。

その瞬間、俺も限界を越えて射精してしまう。

「あひっ!? あっあ、あぁあっ、熱いの出てるっ。んくっ、ん、んううぅぅうぅぅううっ！」

「だ、ダメっ、イクっ、んっん、んううううぅうぅぅううっ！」

悲鳴のような声を上げ、マエリスとベルティユが絶頂を迎える。

マエリスの膣は、きつく俺のモノを締めつけながら何度も収縮を繰り返し、ベルティユの淫裂からは大量の愛液が噴き出していた。

俺はその愛液を顔で受けつつ、容赦なくマエリスの中に精液を吐き出していく。

やがてペニスが小さく震え、彼女の中に全てを出し終えた。

「はあはあっ、あんっ、すごい量……溢れてきちゃう……んっ、んんっ……」

「ふふっ、次は私の番よ……忘れていないでしょうね？」

「まだ続けるつもりなのか？」

「当たり前でしょ。舌だけじゃ満足できないもの。ほら、マエリス、交代して」

「あんっ……んんっ……」

ずるりとマエリスの中から、俺のモノが引き抜かれる。

あまりの快感の激しさからか、そのまま彼女はベッドの上に横になった。

そして今度は、ベルティユが俺の上にまたがってくる。

「それじゃ、いくわよ♪　旦那様」

俺に向かって、笑顔でベルティユが言う。

どうやらまだまだ、この宴は終わりそうになかった。


父上たちや、ベルティユ、マエリスのおかげで、俺の覚悟はしっかりと固まった。

後は自分のすべきことをするだけだ。

そのために俺は、国王に謁見を求めるのだった。

第四章　無双してみていいですか？

俺は国王の前にひざまずきながら、口を開く。

「本日は私のためにお時間を取っていただき、ありがとうございます」

「うむ。褒美を何にするか決めたそうだな？　して、何を望む」

王に謁見を求めてから、すぐに会えたわけではない。

ここに至るまでに一週間以上の時間が過ぎていた。

「はい、私はオーレリー様との婚姻を望みます」

国王に王妃、姉姫がそれぞれ違った反応を見せる。

誰もが興味深げにしつつも、俺の真意を測りかねているようだ。

まあ、それも当然だろう。いきなり、王女と結婚させろなどと言っているのだから。

「それは本気で申しているのか？」

「このような畏れ多いこと、戯れで口にできましょうか。私はオーレリー様を我が妻にしたいのです」

「ふむ……」

「何を言っているのだ、貴様は。そんなことが許されるはずがないだろう」

「痴れ者が、自分の立場をわきまえろ」

考え込む王の周りから、貴族たちの怒りの声が上がる。

地位と名誉が何よりも大事な彼らにとって、当然の反応と言えるだろう。

「王よ、これはあまりに無礼すぎます。もとは下級も下級、平民とかわらぬ程度の貴族の息子が、褒美としてオーレリー様をよこせなどと……このような不届き者はいますぐに処刑すべきです。もしくは、国外追放するべきかと」

そう言って前に進み出てきたのはラジャブ侯爵だった。

前々から俺のことが気に入らなかったようだし、ここぞとばかりにしゃしゃり出てきたな。

「まあ、落ち着け、ラジャブ侯爵。確かにこの者の申し出はいささかぶしつけではあるが、罰を与えるほどのものではない」

「何を仰いますか!?」

「確かにオーレリーの継承魔法は、わが王家の歴史を顧みても突出したものとなった。だが、その実力を引き出したのはほかならぬこの男よ」

「ふんっ、それが本当かどうかなどわかりませぬ。もともと、オーレリー様に才能があっただけの話ではありますまいか」

「例えそうだとしても、その才能を引き出したのはやはりこの男よ。それとも、そなたは私の言葉を疑うのか？」

「……いえ、そのようなことは」

さすがのラジャブ侯爵も、国王相手では強く出ることはできない。

そもそも、自分の息子は成果を出せなかったのだ。ちょっとばかり良い気味だな。

「さて、オーレリー。スティドはこのように申しておるが、お前のほうはどうなのだ？」

「……わたくしは、スティド様の妻になりたいとそう思っております」

王の問いかけに今まで黙っていたオーレリーが口を開く。その眼差しは凛としていて、一切の迷いが感じられなかった。

「なにを仰っているのですか、オーレリー様！　正気ですか!?」

「黙れ、ラジャブ侯爵。いま、娘とは私が話しているのだ」

「しかし――」

「黙れと言っている」

「……失礼いたしました」

唇を噛みしめながら、ラジャブ侯爵が引き下がる。

そのとき憎々しげに俺のことを睨みつけてきた。

「オーレリー、お前の気持ちはわかった。だが、それを簡単に認めるわけにはいかぬ」

「お父様、どんなに反対されても、わたくしは心を決めたのです」

「まあ、聞け、ならばこうしよう。オーレリー、お前の夫になる者は、われら王家の『継承魔法』、爆炎に匹敵する魔法を持つ者とする」

「えっ？」

「つまり、お前を妻にしたくば、それだけの実力を示せということだ。一ヶ月後に、そのための選定を行う」

「お待ちください、王よ！　姫の夫に相応しい者は、すでに私の息子がいるではないですか！」

「ならば一ヶ月以内にそのことを証明してみせよ。ただそれだけのことだ、違うか？」

「くっ……」

有無を言わさぬ王の迫力に、ラジャブ侯爵はそれ以上言葉を続けることができなかった。

そして改めて王が俺に顔を向ける。

「どうだ？　スティドよ。おぬしも褒美が欲しいというのなら、そのための力を見せてみよ。そうよな、それこそS級魔術師と呼べるほどのな」

「わかりました、必ずやご覧にいれましょう」

通常であれば考えられないような例外中の例外の事態だ。

だがこれなら、オーレリーを連れて逃亡する必要はないかもしれない。

それならば正当な手段で、堂々と彼女と一緒にならせてもらおうじゃないか。

俺としては目立つつもりはなかったが、オーレリーのために本気になるとしよう。

オーレリーを妻とするために、俺がすべきことを考える。

爆炎魔法を越えよということなら、手っ取り早いのは、戦いで実力を示すことだ。

以前に倒したドラゴンよりさらに上位の古代竜の討伐、もしくは魔獣王の討伐、敵対国の制圧などなど……。

そういった手段なら、いくらでも思いつく。

だがそんな血なまぐさい方法……しかも暴力を示すのは、婚礼としては何か違う気がする。

ならば、俺は他の方法にすべきだろう。

「うん、そうだな、それがいい」

俺はさっそく、そのための案を思いついた。

やることが決まればあとは行動あるのみ。

マエリスとベルティユにも事情を話して、協力してもらうことにした。


そこからの展開は早かった。

まず孤児院の子供たちの中から、魔法の素養があるものを見つけ出した。

そしてオーレリーに家庭教師したときの経験を活かし、ベルティユの知識も貸してもらい、その子たちに貴族にしか使えないはずの高位の魔法を教えた。

そう、普通の家事の補助レベルではない、もっと高度な魔法を使える者を生み出したのだ。

子供たちに教えた魔法は主に、水属性と火属性。彼らは水魔法を使い、街の掃除をしたり、綺麗な水を売ったり、ときには大きなお風呂——公衆浴場を作り出したりした。

もちろん、俺やマエリスも全面的に協力する。

その公衆浴場でも、魔法を覚えることのできなかった子供たちには、自分たちで作った石鹸を販売してもらった。

こうして孤児院たちの子供たちにも仕事ができ、街は清潔になり、病気の類もぐっと数を減らした。

住人からの評判はかなり良く、おかげで孤児院の事情が広く知れ渡り、援助する人が多く現れることで、今後の心配をする必要がなくなったのは大きな収穫だった。

もちろん、これだけで終わりではない。

次に俺は、王都からさほど離れていない自分の実家——男爵領に目をつけた。

領地は国からすればあまりに狭く、猫の額ほどしかない。

しかも間に険しい山があり、行き来するだけでも難しいという立地だ。

だからこそ、俺の力を示すにはうってつけだった。

魔力を使って、荒れた土地を耕し、外敵から守るために強固な防壁を築いた。

それらの下地が整ってから、エルフの精霊魔法を利用して、僅か半月ほどで品種改良した作物を生み出すことにも成功する。

この世界での小麦やジャガイモ、それに桃によく似た果物をいつでも大量に収穫できる環境を整えた。

これだけあれば、食糧不足などの危機が発生したときにも対処できるというわけだ。

この世界では貴重である塩だって、魔法と前世で得ていた知識を使えば、海水から大量に精製できる。

以前、王から販売の権利を貰っていたから、準備はそこそこ出来ていた。

塩というのは戦争のときに不足しがちだから、いざとなれば、これを使った政治的取引も可能ということだ。

ここまできたらもう、遠慮する必要なんてない。

流通の障害になっていた山を魔法で平らにならし、街道を整備する。

もちろん、そこにあった木などは移し替えたり木材にしたりして、動物たちにも住処を変えてもらった。

どちらも、ベルティユに教えてもらった自然魔法が大いに役に立った。

山を崩したときには、偶然ではあるがレアメタルの鉱脈も発見している。

それらを様々な生活用品として扱えるように加工し、これも孤児院の子供たちに販売してもらった。

こうして俺は一ヶ月の間、ブラック企業時代のときのように、ひたすら働いて働いて働きまくったのだった。


「それでは、わが娘、オーレリーの夫に相応しい者は……スティドとする」

「ははっ、ありがたき幸せ」

一ヶ月後に行われた婚約者の選定式。

そこで俺は無事に、王から婿に選ばれることとなった。

「お待ちください、王よ！」

「なんだ？　ラジャブ侯爵」

「このような話、納得できません！　なぜ、その男が選ばれるのですか!?」

わかってはいたことだが、当然のようにラジャブ侯爵が異議を申し立ててきた。

「言わねばわからぬか？　お主の息子も含め、他の男たちがしたことといえば、魔物を退治したりなどの己の力の誇示ばかり。だが、対するスティドはどうだ。彼《か》の者がしたことはどれも、この国の将来のためになることばかりではないか。魔力だけではない。これこそが、S級魔法使いに相応しい行いだと言えるだろう」

やはり俺の考えは、間違っていなかったようだ。

賢明なる王はそこのところを、しっかりとわかってくれていた。

「ええ、お父様の仰るとおりです。彼の行いは、我が妹の夫になるにふさわしいものですわ」

姉姫もまた、そう言って俺を認めてくれる。

「うむ。よって、スティドを我が娘の婚約者候補とする。さらにこのたびの数々の功績により、子爵の位を与えることとする」

「なっ、王、それは……！」

「私の決めたことに、異論は許さぬぞ」

「ぐっ……」

王から鋭い眼差しを向けられ、ラジャブ侯爵が唇を嚙みしめる。

そのまま人を殺せそうな勢いで、俺を睨みつけてきた。

「だが、スティド、オーレリーよ、いますぐ結婚を許すわけにはいかぬ。これより半年の間は様子を見た上で、その結果により、さらに伯爵の位を与えよう。そのときこそ、正式に結婚することを許してやろう」

「承知いたしました。必ずや再び、お認めいただける結果を出してご覧にいれます」

「うむ、励むがよい」

王のその一言で、選定の式は終了したのだった。

「ふぅー、疲れたー」

「申し訳ありません、私のために……」

「いやいや、オーレリーが気にすることじゃないよ」

王との謁見を終えた後、俺は温泉で一ヶ月の疲れを癒やしていた。

この温泉は街に作った浴場ではなく、自分の領地を開拓しているときに見つけたものだ。

オーレリーが疲れ果てた俺を癒やしたいと言って、こうして一緒に入ってくれているのだった。

「しかし、王女様に体を洗ってもらうなんて畏れ多いですね」

「何を仰るのですか、私はあなたの妻になるのですよ。これぐらい当然のことです」

「でも、やっぱりただ洗ってもらうのは悪いな。そうだ、俺にも洗わせてくれよ」

「えっ、ですが……」

「頼むよ、そのほうが俺も色々と嬉しいし」

「そうなのですか？　では、お願いいたします」

「ああ、任せておいてくれ」

俺の言葉に、オーレリーはこくりと頷いて返した。

「それじゃ、オーレリーの体を綺麗にしてあげるよ」

「はい、お願いします。なんだかドキドキしますね……」

期待と不安の入り混じった声でオーレリーが言う。

俺はまず、石鹸を手でたっぷりと泡立てた。

そうして後ろから、彼女の体に手を回す。

まずはその大きな二つの胸の膨らみを洗っていく。

「あっ、ふぁっ、あ、あんっ、あ、ああっ、ん、んっ、んくぅっ……やんっ、くすぐったいです……」

「駄目だよ、じっとしていないと綺麗にできないだろう？」

「は、はい、んんっ、んうぅっ、あっ、あんっ、あ、あふっ、ん、んあぁっ」

泡を擦りつけるようにして、手を動かしていく。

にゅるにゅるとした感触と、柔らかな胸の弾力が心地いい。

こうしていると、俺も一緒に興奮していくのがわかった。

「あっ、あんっ、背中に何か硬いのが当たっています……ふああっ、ん、んんっ……」

「オーレリーがエッチな声を出すから、俺のチンポが興奮して大きくなってるんだよ」

「ふあぁっ、あんっ、擦りつけないでください……もっとエッチな気分になってしまいます……ひあぁあっ」

ペニスを背中に擦りつけて、すべすべとした感触を楽しむ。

王女相手に堂々とこんなことができるなんて、夢にも思っていなかった。

お風呂でこんなプレイが楽しめるなんて、この世界では俺ぐらいのものだろう。

「あっあ、あぁっ、あんっ、乳首、んんっ、しごかないでください……ひうぅっ、ぐりぐりってされると……ああっ、体が、びりびりしてっ……んんーっ!!」

「体を洗っているだけなのに、ずいぶんと感じているみたいだな。本当にいやらしい王女様だ」

「は、はしたない女で申し訳ありませ……ひああぁあっ、あっあ、あんっ、あ、ああっ、あ、あうぅっ!!」

「こんな姿を国民のみんなが見たらどう思うかな？」

「や、やあ、それは言わないでください……あくっ、あ、あふっ、ん、んんっ、んあぁっ、ん、ん、んんーっ!!」

何か想像したのか、オーレリーの体がぞくぞくっと震える。

本当に素直で素晴らしい反応だ。もっともっと、いじめたくなってしまう。

「言ってるそばから感じているじゃないか。まったく、本当に悪いと思っているのか？」

「はふっ、だ、だって、これ、気持ちよすぎて……ひあぁっ、あ、ああっ、あんっ、国民の皆さん、ゆ、許してください……ひあぁぁっ！」

俺はおっぱいを余すことなく、手で洗っていく。

さんざん刺激を与えられた乳首は、すでに痛いほど硬くなっていた。

「ふあああっ、あっあ、あぁっ、ぬるぬる、すごいです……頭の中、真っ白になっちゃいそうですぅ……んんっ、んくぅぅっ!!」

「本当にいやらしいな、オーレリーは……でも、そんなキミが好きだけどね」

「あぁっ、あんっ、嬉しい……ひぅぅっ、わたくしも、先生のことが好きです……愛していますっ!!」

彼女はいつも、何とも嬉しくなるような反応を返してくれる。

俺の胸の中に、オーレリーへの愛しさが溢れていく。

もっともっと彼女を感じさせたい。そんな思いで、更に手の動きを激しくする。

「ひうぅうっ！　んっん、んあぁっ、あ、あふっ、あ、あんっ、あ、あううっ、やっ、すごいっ、ふあぁあっ、あっあ、あぁっ!!」

「さて、こっちも綺麗にしないとな」

俺は右手で胸を洗いつつ、左手を股間に伸ばした。

「あんっ、先生、そ、そこは……んくうぅぅううっ!!」

指先で割れ目に触れると、オーレリーが敏感に反応していた。

石鹸とは違うぬるっとした感触が伝わってくる。

「おや？　もうこんなに濡れているじゃないか。これはしっかり洗って綺麗にしないとな」

「あひっ、あぁっ、ぬるぬるが動いて……ひうぅっ、あっあ、うくっ、あんっ、こんなの初めてっ……ふあぁああっ!!」

俺の指の動きに合わせて、大きく声を上げるオーレリー。

よほど興奮しているのか、触れた肌の部分は燃えるように熱くなっていた。

全身を汗まみれにしながら、荒く息を吐き出している。

「どうやら、ここを洗われるのが好きみたいだな？」

耳元でささやきながら、指先で割れ目をぐりぐりと強めに弄ってやる。

「んうぅっ、それ、いいですっ。んんっ、んあっ、か、感じてしまいますっ。ひゃあんっ!!」

オーレリーは、背中を仰け反らせて敏感に反応していた。

割れ目の奥からも、次から次へと愛液が溢れだしてくる。

「しかしまいったな。いくら洗っても、ぬるぬるが取れないぞ」

さらに手を動かしながら、俺は指をぬるりとオーレリーの膣内へと入れ、中から愛液をかきだすように動かしてやった。

「やっ、指、入って……やんっ、いっぱい動いて……ひうぅっ、かき混ぜちゃ駄目……あ、あっ。すごすぎますっ。か、感じすぎて……なにも考えられなくなっちゃうっ。んんーっ!!」

「こっちもちゃんと洗って、綺麗にしないとな」

俺は指先で、クリトリスを見つけ出す。

そうして突起の皮を向くと、指の腹で思いきり淫核を転がしてやった。

「ひぐっ!?　んあああぁあぁあぁあああっ!!」

次の瞬間、オーレリーは一際大きく体を震わせた。割れ目から大量の愛液が噴き出したかと思うと、彼女の太ももを濡らしていく。

「なんだ？　イッちゃったのか？」

「は、はひ……わたくし、先生の指でイッてしまいましたぁ……んっ、んうぅっ……」

「まったく仕方のない王女様だな。じゃあ、次は俺の体を綺麗にしてもらおうかな」

「わたくしが、先生の体を洗うのですか？」

「ああ、頼むよ」

「はい、わかりました……」

そう言って、オーレリーが体を洗うための布を手に取ろうとする。

「ああ、待った。違うよ、キミの体を使って洗ってほしいんだ」

「えっ……といいますと」

さすがに、王女様にソーププレイの知識はないだろう。説明が必要なようだ。

「石鹸でたっぷりと体に泡をつけてね。こうやって……できるだろう？」

つまりは、オーレリーの体をスポンジ代わりにしてほしいということだ。

彼女は少しだけ戸惑った表情を浮かべていたが、すぐに納得したのか頷いてくれた。

「わかりました。それが先生のお望みなら……わたくしの体を使って洗わせていただきます……」

「ああ、よろしく頼む」

俺の目の前で、オーレリーが石鹸を使って自分の体を泡だらけにする。

そうしてから、まずは俺の背中に胸を押しつけてきた。

「失礼します……んっ、んんっ、んくっ……んぅっ……」

ぬるぬるして柔らかな弾力が、俺の背中にぴったりと当たるのがわかる。

それからオーレリーは、胸を上下に動かして俺の背中を洗い始めた。

「はあはあっ、あっあ、あんっ、あふっ、ああっ、これで、いいですか？　んんっ、んくっ……」

「うーん、ちょっとぎこちないな。もっと大胆に、強めにしてくれていいよ」

「わ、わかりました……あふっ、あっあ、あんっ、あ、んん、んうぅっ、ん、んああっ」

俺に言われるままに、オーレリーが強めに胸を擦りつけてくる。

こりこりとした乳首が背中で擦れるたびに、甘い声を上げていた。

「こ、これで……どうでしょうか？　あんっ、あ、あふっ、あ、あんっ」

「いい感じだよ。そのまま続けてくれ」

「は、はいぃ。あんっ、あ、あくっ、あ、あふっ、んっん、んくっ、ん、んうぅっ、ん、んんーっ！」

ぬるぬるとして柔らかな感触が背中全体に伝わっていく。

王女様の体を使って洗ってもらうなんて、あまりにも贅沢で、信じられない行為だ。

しかしだからこそ、男としての興奮がより高まっていく。

「はあはあっ、あんっ、んんっ、んしょ……んうっ」

「そろそろ背中はいいよ。次は前をお願いしようかな」

「は、はい、わかりました……」

オーレリーは俺の背中から体を離すと、前側に向かってくる。

「あっ……」

そこで俺の股間を見ると、小さく声を上げた。

そのまま動かず、熱っぽく勃起したペニスを見つめてくる。

「ああ、ここは汚れやすいからとくに念入りにお願いするよ」

「わかりました。綺麗になるように頑張りますね……ふぁっ、あ、あんっ……」

「おおっ……」

オーレリーが俺のペニスを胸で挟み込む。

そのまま胸を上下に動かして、しっかりとしごきはじめた。

「んっ、はぁ……どうですか？　先生……あふっ、んっん、んく、んんっ……」

洗うというより、もう完全にパイズリっぽい。

「ああ、すごくいいよ。とても上手だ……背中を洗うので、胸を使うコツを掴んだのかな？」

「ふふ、よかったです……ひゃんっ、おチンポ、おっぱいの中ですごく暴れてますね……はふっ、あ、あんっ」

「先っぽは、舌で舐めて綺麗にするんだ」

「そ、そうなんですね……こうですか？　れるっ……ぴちゅぴちゅ……んちゅっ……ちゅぱちゅぱ……」

あまりに素直に俺の言葉に従うオーレリー。それがますます俺の興奮をかきたてていく。

「くっ、そうだ、いいよ……そのまま、綺麗にしてくれ」

「ふぁいっ……んちゅっ、れるるっ……ちゅちゅっ……ちゅっ、ちゅるるっ……んちゅっ……れるっ……れるるっ……」

熱くぬるりとした舌が亀頭にまきついてくる。

竿の部分は、泡でぬるつくおっぱいでしごかれていた。

凄まじい快感に襲われ、ペニスがビクビクと彼女の胸の中で跳ねてしまう。

「あんっ、先生のおチンポ、とっても元気です……ふぁぁっ、んっ、ぴちゅぴちゅ……ちゅっ……ちゅぱちゅぱ……ちゅちゅっ……」

俺のペニスを逃すまいと強めにおっぱいで挟んでくる。

むっちりとした弾力に包み込まれ、さらに石鹸のぬるぬるとした感触が伝わりたまらない。

思わず腰が浮いてしまいそうになるほどの快感だった。

「はあはあっ、これが、おチンポの味……不思議な味です……んっ、ちゅるるっ……ちゅちゅっ……ペロペロ……くちゅくちゅ……んちゅっ」

可愛らしいピンクの舌を伸ばしながら、賢明に俺のモノに奉仕を続ける。

可憐な王女様が必死になってペニスを舐める姿は、あまりにいやらしかった。

「はふっ、んっ、んちゅっ、れるっ、れるるっ……ちゅぱちゅぱ……んちゅっ……くちゅくちゅ、ちゅっ……れりゅっ……！」

最初に比べて、舌使いが大胆さを増していく。

絶え間なく責め続けられ、どんどん快感が高まっていくのがわかる。

「はふっ、先っぽから、んちゅっ、お汁がいっぱい出てきます……れるっ……おチンポとはまた違った不思議な味がします……んくっ……」

オーレリーが舌でいやらしく、カウパーを舐めとっていく。

そうしながらも、おっぱいで竿の部分をしごくことも忘れない。

「ぴちゅぴちゅ……ちゅっちゅっ、んちゅっ、ちゅぽちゅぽ、ちゅるるっ、れるっ、れるるっ……ちゅぷぷっ……！」

「舐めるだけじゃなくて、先っぽを咥えて吸ってみてくれるか？」

「はむっ、ほうでふか？　んちゅっ、ちゅうぅぅうぅっ！」

「お、おお、そうだ、上手いぞ……くぅっ」

「へんへい、とっへもひもひよはほうでふ。んちゅっ、もっほひもひよふなっへくらはひ……ちゅぷちゅぷ、じゅるるっ……ちゅうぅっ！」

俺の反応を上目遣いで見ながら、オーレリーが激しくペニスを責め立ててくる。

そのあまりの快感に、されるがままになってしまった。

ペニスが激しく暴れ、もう限界が目前まで迫っている。

「はあはあっ、オーレリー、そろろそ、イキそうだ……」

「ちゅぱちゅぱっ、ちゅるるっ、ぷあっ、いいですよ、先生の精液いっぱい出してください……あむっ、ちゅっ、ちゅうぅうっ!!」

先っぽを咥え込み、強く吸ってくる。

おっぱいで休むことなくペニスをしごき続け、もはや快感が爆発する寸前だ。

「ぴちゃぴちゃ、んちゅっ、ちゅっちゅっ、ちゅちゅっ、ぴちゅぴちゅ、ちゅううぅうぅううっ！」

そんなところにトドメとばかりに、オーレリーが今までにないほど先端を吸ってきた。

そして実際に、それが俺にとってトドメになった。

目の前が快感で白く霞んでいき、頭が真っ白になる。

「うあぁっ、で、出るっ！」

「んぐっ!? んっ、んむっ、ん、んうぅっ、んくっ、んっ、んくっ、んくっ」

そのまま俺は、オーレリーの口の中に射精する。

彼女は一瞬驚いたように目を見開いたがペニスから口を離すことはなく、喉を鳴らしながら精液を飲み込んでくれた。

やがて俺が射精を終えると、ゆっくりと口を離す。

すると精液で、つぅっと、亀頭と彼女の唇がいやらしい糸で繋がった。

オーレリーは俺の顔を見上げてくると、満足そうに笑顔を浮かべる。

「んんっ、精液って、とっても喉に絡むんですね……でも、嫌いな味じゃないです……」

「そうか、それは良かったよ」

「あ、せっかく綺麗にしたのに、また精液で汚れちゃいましたね。待っていてください……すぐ綺麗にしますから……れるっ……ぴちゅぴちゅ……うくっ……」

そう言ってオーレリーが、イッたばかりで敏感になっているペニスに舌を這わせる。

すべての精液を舐めとって綺麗にするまで、彼女の奉仕は続いたのだった。


「スティドよ。お主の働きもますます順調のようだな」

「はっ、これも王のご支援のおかげです」

あれから月日が流れ、俺はさらに国を発展させていた。

山々を切り開き、街道を整備し、流通をすみずみまで行き届かせる。

その結果、この国は今まで以上に活気づいていた。

「本当に国民たちも感謝していますわ。オーレリー、良い殿方を見つけましたね」

「姉様、ありがとうございます」

オーレリーが姉姫の言葉に、照れたように頬を染める。

この数カ月の働きで、俺に対する周囲の反応も変わり始めていた。

基本的には、俺とオーレリーのことを認めてくれるようになっていたのだ。

純粋に功績を認めてくれた者や、今の内にゴマをすっておこうとする者など様々だが、しかし例外もいる。

「王よ、どうかお考え直しください！　王女に相応しい相手は私の息子しかおりませぬ」

「くどいぞ、ラジャブ侯爵。すでに決まったことだ、諦めるのだな」

「私がこれほど申しても聞き入れていただけないのですか？」

「そう言っているであろう。下がらぬか」

「……わかりました。くれぐれもそのご決断、後悔なさらぬように」

ラジャブ侯爵は最後に不穏な言葉を残すと王宮から出ていった。

あの男がそう簡単に諦めるとは思えないのだが……。

「さて、この調子であればお主とオーレリーの結婚を認める日も遠くはない。より一層励めよ」

「はっ、承知いたしました」

とはいえ、今は余計なことを考えているときではない。

王が決めたことであるし、ラジャブ侯爵もおかしな真似はすまい。

今はただ、オーレリーと結婚するために頑張ろう。


――などという考えが甘かったことを、すぐに思い知らされた。

「隣国が攻めてきただと？　間違いないのか！」

「はっ、すでに国境付近まで進行中であります。その数はおよそ二十数万です！」

「ただちに騎士団に、国境の防衛にあたらせよ!!」

「そ、それが、騎士団を指揮する貴族がみな、敵側に寝返った様子……隣国と共に、我が国に攻め入っております」

「なんだと!?　馬鹿な！　それでは、我が国を守る者は誰もおらぬというのか？」

王の言葉に報告にきた貴族が重苦しく黙り込む。

それはすなわち肯定にほかならなかった。

「しかし、なぜいきなり隣国が侵攻を……」

王のその呟きに、俺ははっきりと意見する。

「畏れながら申し上げます。ラジャブ侯爵の手引きではないでしょうか？」

「なに？　ラジャブが？」

「はい、ここのところラジャブ侯爵の動きに怪しいところが見られたため、念のためにそれとなく探っていたのです」

義賊であるマエリスを捕まえるために、無実の女の子を処刑しようとした男だ。

目的のためならば手段を選ばない性格なのはよく知っている。そのため、もしものために色々とラジャブ侯爵について調べていた。

その結果、侯爵家の『継承魔法』は『通話』で、契約を結べばどこの誰とでもすぐにやり取りをすることができるものだと分かった。

さらには、ある程度の期間、通話による魔力を浴びせ続けると、軽い洗脳まがいのことも可能らしい。

そして驚くべきことに、ラジャブはその力を持って敵国の中枢にまで食い込んでいた。

俺は確実な証拠をつかんだうえで、そのことを王に報告しに来たところで、この騒ぎである。

こんなにも早く、しかもこんな一方的な手段で行動に出るとは、俺の考えが甘かった。

すでにラジャブは、隣国に亡命していることだろう。

俺はこのことをすべて、王へと伝えた。

「なんと……ラジャブのやつめ……狙いは、この国の全てか……」

「お父様、騎士団もいない今、どうすれば……」

「ご心配はいりません、私が招いた事態です。お任せください。私がどうにかいたします」

「だが、いくらお主とはいえ、二十数万の軍勢相手に一人では……」

「私を信じ、朗報をお待ちください。こうして話している時間も惜しいので、すぐに出発いたします」

「お待ちください、スティド様！」

「オーレリー様、止めないでください」

「あまりに危険すぎます！　そんな命を捨てるような真似をなさらないでくださいっ」

「私はそんなつもりはありませんよ。この国と、そしてあなたを守るために行くのです。大丈夫、それほどかからずに、必ず戻ってきますよ」

「あっ、スティド様っ」

俺は力ある言葉を口にすると、一気に国境まで空間転移した。


「なるほど、あれが隣国の軍勢か……」

国境まで飛ぶと、その向こうには大軍勢と言えるほどの兵隊の姿が見えた。

あの数に攻め込まれては、この国は無事ではすまないだろう。

「ああ、なんという数……本当に大丈夫なのですか？」

「ええ、ここが俺の腕の見せ所……って、オーレリー!?　なぜ、ここに！」

「あなたが空間転移するときに、体に捕まったのです。気づきませんでしたか？」

「何という無茶を……今すぐ、王宮に戻します」

「嫌です！　未来の夫が危機に立ち向かうときに、そばにいられなくてどうするのですか！　わたくしも貴方と共にいます！」

「しかし……」

「お願いします、先生。あなたが守ってくださるのでしょう？」

真っすぐな瞳でオーレリーが俺のことを見つめてくる。

これは何を言っても無駄そうだ。

「わかった。ただし、俺のそばを離れないでくれよ」

「はい！」

オーレリーが、俺を信じ切った答えを返してくれる。

「じゃあ、まずはどうするの？」

「そうだな。見たところ、敵は戦《いくさ》の準備をするためにまだ停止している。いまのうちに作戦を立てて……ん？　って、え？　ベルティユ!?」

見れば、いつの間にかベルティユの姿までがそこにあった。

なんだかさっきも、似たような驚き方をした気がするな……。

「どうしてお前がここにいるんだ？」

「ちょっと知り合いから連絡があってね……あるエルフの部族が外の人間にそそのかされて、隣国の軍勢に加わっているって。それで様子を見に来たんだけど、どうやら事実だったみたい」

「どうやら、そのようだな……」

俺は魔力を使って視力を上げると、軍勢をよく確認する。

するとその先方に、確かにエルフの集団がいた。

「まあ、私たちはあまり外の世界と交流していなかったから、人間やドワーフなんかに時代遅れとさげすまれていたのよね。そこをうまいこと突かれたんでしょう」

あるいはラジャブ侯爵の魔法が関係しているのかもしれない。

「エルフが出てきた以上、私がどうにかするわ」

「ベルティユが？　どうやって？」

「まあ、そこは任せておいて。こう見えて、私、エルフの中では偉いほうなのよ」

そう言ってベルティユが得意げに胸を張る。

確かにエルフのことはエルフに任せたほうがいいかもしれない。

「わかった。だが無茶はするなよ」

「ええ」

「そうと決まれば、さっそく作戦を立てよう」

「それはいいんだけど……その前に、するべきことがあるんじゃない？」

「するべきこと？」

「せっかく王女様もいることだし、戦争の前の景気づけに、ね」

「おいおい、まさか……」

「そのまさかよ。王女様もいいでしょう？」

「よくわかりませんが、それが先生のためになるなら」

「なるなる。それじゃさっそく始めましょう。ぐずぐずしていたら敵が攻めてきちゃうわ」

そんなことをしている場合じゃない気もするが、正直ベルティユの提案は俺にはとても魅力的だった。

なので彼女の言葉に従うのも、仕方のないことなのである……。


「ほら、王女様。もっとそっちからも胸を押しつけて」

「は、はい、こうですか？」

「そうそう、いい感じよ」

両側からベルティユとオーレリーが、俺のものをおっぱいで挟み込んでくる。

「それじゃたっぷりと、スティドのおチンポを気持ちよくしてあげましょう」

「ええ、頑張ります」

楽しそうに言うベルティユに、オーレリーが真面目な顔で返す。

ふたりの性格がよく出ていた。

「ほらほら、早く大きくしなさい」

「んっ、どうですか？　先生、気持ちいいですか？」

ふたりがおっぱいを使って俺のペニスをしごいてくる。

むっちりと柔らかな弾力に包み込まれ、あっという間にペニスが大きくなってきた。

「ああ、すごいよ……すっかりペニスが埋まって……くっ……」

「ふふ、もうこんなに大きくなってる。びくびくって私たちのおっぱいの間で震えてるわ」

「本当です。とても元気になって……んんっ、硬くて熱いのがこすれて……なんだかエッチな気分になっちゃいます……んんぅっ……」

「確かに、私も興奮してきたわ……あふっ、オーレリー、私の動きにあわせて」

「こうでしょうか？　んっんっ、んくっ、ん、んぁっ、ん、んっ」

「ええ、上手よ。あんっ、あ、あふっ、これ、乳首が擦れて……ひゃんっ、ん、んぅっ、感じちゃう……」

「わたくしも……ひあぁっ、ん、んくっ、あんっ、あ、ああっ、びりびりってして……んっ、声、出ちゃいます……やんっ」

甘く声を震わせながら、ふたりがおっぱいを使ってペニスをしごき続ける。

休みなく与えられる刺激を前に、先端からは早くもカウパー汁が溢れだしてきた。

「ふふ、エッチなお汁出てきた。んっ、ぬちゅぬちゅっていやらしい音も出てる……」

「はあはあ、先生の……おっぱいの間でいつもより暴れています……んぅっ、逃げちゃ駄目です……ひゃんっ……んくっ……」

両側からふたりが、おっぱいでペニスをぎゅっと押さえつけてくる。

その刺激に、俺のモノがびくびくと跳ねるように暴れていた。

「くぅっ、ふたりのおっぱい気持ちよすぎる……」

「んぁっ、スティドの感じてる顔、可愛い。あんっ、あ、あふっ、あっあ、あんっ、あ、あぁっ」

「本当です……ひゃうっ、すごく興奮しちゃいます……んんっ、ん、ん、んんっ」

ぬちゅぬちゅと音を立てながら、おっぱいのしごき方が大胆さを増していく。

「エッチなお汁、どんどん溢れてきてる……もったいない。れるっ……ぴちゅぴちゅ……ちゅっ、ちゅるるっ……んちゅっ……」

「あっ、ずるいです。わたくしも……れるるっ……ちゅぴちゅぴ……んちゅっ……ちゅっちゅっ……ちゅぱちゅぱ……」

「あくっ……！」

ふたりが左右から、先端を奪い合うように舌を這わせる。

熱くぬめった舌が亀頭を舐めまわし、ぞくぞくとする快感を与えてきた。

「んちゅっ、くちゅくちゅ、ちゅぷぷっ……ちゅぱちゅぱ、ちゅるるっ、んちゅっ、じゅぷぷっ……！」

「はあはあ、先生のエッチなお汁、美味しいです……れりゅっ、ちゅくちゅく、んくっ、ちゅちゅっ……れりゅっ、れるるっ」

「ふふっ、王女様、なかなかやるわね……すごくエッチな顔してるわよ。ぴちゃぴちゃ……ちゅるるっ……！」

「や、やだ、言わないでください。んちゅうっ、ベルティユ様も、とってもエッチな顔をしています……くちゅくちゅ……ちゅうぅっ」

互いの姿を見て興奮したのか、熱に浮かされたかのように激しくペニスを責め立ててくる。

それにしてもオーレリーがここまでいやらしくなるとは……。

王が知ったら卒倒してしまいそうな光景だ。

「うぅっ、激しいな、ふたりとも……そんな夢中になってペニスを舐めて……」

「ちゅるるっ、ちゅぷぷっ、だって、このおチンポ大好きだから……れるっ……れるるっ……ちゅぽちゅぽ……！」

「わたくしも……ちゅくちゅく、じゅぷぷっ、ちゅぽちゅぽ……んちゅうっ、おチンポ大好きですっ……れるぅっ……」

亀頭を舌で責め立てながらも、おっぱいでしごくことも忘れない。

そうしながらベルティユが、わざとオーレリーの乳首に自分の乳首を当てているようだった。

「んっ、どう？　王女様。どうせなら私たちも気持ちよくなりましょう……んくっ、ん、んっん、んうぅっ」

「あっ、あぁっ、乳首、こりこりって当たって……んっん、ふあぁっ、あ、あんっ、あ、あう、これ、いいです……んくぅっ！」

「ふふ、こんなに乳首硬くしちゃって……ほらほら、どう？　んっん、んくっ、ん、んんっ」

「んあぁっ、そんな強くしちゃ駄目ですっ。やんっ、上手に舐められなくなっちゃいますっ。あんっ、あ、あふっ」

体をびくびくっと震わせながら、オーレリーが嬌声を上げる。

あまりにいやらしい光景に、俺の興奮がますます高まっていった。

「はあはあ、んんっ、おっぱい、ぬるぬるになっちゃった……はふっ、あんっ、あ、ああっ、れるっ……ぴちゃぴちゃ……」

「ふあぁっ、乳首感じすぎちゃって……ひゃうぅっ、体、熱いです……んく……んぅっ、ん、んっん、んんーっ！」

ぐにぐにと胸を動かしながら、強烈なまでにペニスをしごいてくる。

まるでペニスを押し出そうとするかのように、根本から刺激してきていた。

「ふたりとも、そんなにされたら、俺、そろそろ……！」

「んんっ、精液出るの？　いいよ、出して……私たちの胸にいっぱい出してっ」

「先生の精液出してくださいっ。あふっ、あ、あぁっ、んっ、んんっ、わたくしに味わわせてくださいっ」

俺の言葉を聞いて、さらにふたりが激しく責め立ててくる。

あまりの快感を前に一気に限界が迫ってきた。

「ふあぁっ、先っぽ膨らんできた……ひゃうぅっ、出して、精液出してぇっ！　あんっ、あふっ、あっあ、んうぅっ」

「おチンポ、びくびくって暴れてますっ。ひあぁっ、あふっ、あ、あ、ん、んんーっ!!」

ふたりがぎゅうぅっと、ペニスを挟み込んでくる。

その刺激に、目の前が爆発したかのように真っ白になった。

「うあぁっ、で、出る……！」

「んうぅぅっ、精液きたぁっ！　ひうぅっ、ん、ん、んあぁっ……！」

「あぁっ、すごいです、おチンポからびくびくって、こんなにいっぱい……あふっ、あんっ、熱いっ……！」

俺のペニスが大きく暴れながら、ふたりの顔や胸を容赦なく汚していく。

ベルティユとオーレリーは、うっとりとした様子でそれを受け止めていた。

「はあはあっ、こんなにいっぱい……ドロドロになっちゃった……んんっ……んくっ……」

「んんっ、すごくエッチな匂いです……あんっ、素敵……はふっ……」

「ありがとう、ふたりとも。とっても気持ちよかったよ」

「ふふ、どういたしまして。でも、まだこれで終わりじゃないわよ？」

「えっ？」

「そうですよ。んちゅっ、もっと気持ちよくしてあげますから……れるっ……ちゅっ……んちゅっ……ぴちゅぴちゅ……」

「お、おい、くうぅっ……！」

ふたりが、精液でベトベトに汚れたペニスに再び舌を這わせる。

イッたばかりで敏感になっている俺のモノが、激しく反応してしまう。

「ふふ、さすがね、あんなに出したのに、まだこんなに元気♪　ぴちゅぴちゅ、ちゅるるっ……ちゅちゅっ……れりゅうっ！」

「はふっ、ぴちゃぴちゃ、精液美味しいです……んむっ、ちゅっちゅっ、ちゅぱちゅぱ……」

ねっとりと舌をまとわりつかせるようにしながら、ふたりが精液を舐めとっていく。

あまりの刺激で、あっという間に俺のモノが大きさを取り戻していた。

「れるるっ、んっ、ちゅっ、ちゅぱちゅぱ、ちゅぷぷっ……んっん、ちゅっ、ちゅぽちゅぽ……」

「あんっ、また乳首こすれて……んぅぅっ、あっあ、あんっ、あ、ああっ、ん、んちゅっ、ちゅぷちゅぷっ……」

「これ、私も感じちゃう……あふっ、勝手に、手が動いて、ぐりぐりしちゃうのおっ。やんっ、んくっ、んっん、んぅぅっ」

「駄目ですっ、ベルティユ様……ひぅぅっ、ん、んんーっ、んあっ、あんっ、あ、あふっ、あぁっ！」

俺のペニスをしごきながら、互いの乳首をまた擦り合わせている。

ふたりのおっぱいは精液で汚れたおかげで、先ほど以上にぬるぬるになっていた。

「あんっ、あ、あふっ、おチンポ逃げちゃうっ……はひっ、あ、あぁっ、んっ、んんぅっ」

「いけませんよ、じっとしていないと……ひあぁっ、ん、んくぅっ、ふあぁっ、あっあ、あんっ、ん、ふあぁっ！」

「はぷっ、ん、んちゅっ、ちゅぅぅっ、精液、まだ残ってる……んくっ、んくっ、んくっ……」

「くぅぅっ！」

ベルティユが亀頭を咥えたかと思ったら、まだ尿道に残っていた精液を吸い出していた。

その刺激に思わず腰が浮いてしまう。

「あんっ、ベルティユ様だけ、ずるいですよ。わたくしにもおチンポ吸わせてください」

「ぷぁ……いいわよ、はい、どうぞ」

オーレリーのお願いに、ベルティユが快く応じる。

ベルティユが口を離した亀頭に、嬉しそうにしゃぶりついていた。

「ありがとうございます。はぷっ、んちゅっ、ちゅぽちゅぽ……ちゅうぅっ、ん、んちゅっ、ちゅくちゅく……！」

「うぅっ、舌が穴をぐりぐりってして……」

オーレリーは亀頭を咥えたかと思うと、舌先で先端の穴を弄ってきた。

今までとはまた違った刺激に、俺はたまらず声を上げてしまう。

「あら、王女様ったらやるじゃない。スティドに教えてもらったの？」

「ちゅくちゅく、いえ、こうしたら気持ちいいかと思いまして……ちゅちゅっ……ちゅぱちゅぱ……ちゅるるっ……」

「へえ、王女様ってば、エッチの才能があるのかもね」

「本当ですか？　ちゅるるっ、嬉しいです……ちゅぷぷっ……ぴちゃぴちゃ」

どこか感心したように言うベルティユに、オーレリーが嬉しそうに返していた。

その間も俺のペニスを責めることは忘れない。

「ちゅぱちゅぱっ、おチンポの舐め方も、おっぱいでのしごき方も最初より上手になってるし……れりゅっ」

「それは、ぴちゅぴちゅ、ベルティユ様を参考にさせていただきましたから……んちゅぅっ」

「オーレリーは本当に勉強熱心だな」

「はい……だって大好きな人には気持ちよくなってほしいですから。れるるっ……ぴちゃぴちゃ……」

「ふふ、なかなか言うじゃない。私も負けていられないわね。ちゅぷぷっ、ちゅうっ……ちゅっちゅっ……くちゅくちゅ……」

すでに精液はとっくの昔に舐めとり終わっているのに、ふたりは舌の動きを止めようとはしない。

また熱い衝動がペニスに集まっていくのがわかる。

「ふたりとも、もう十分だよ。それ以上されると、また射精してしまう」

「ちゅるるっ、んっ、いいのよ、遠慮せずに射精して……ちゅっちゅっ、いくら出しても綺麗にしてあげるから。ちゅぱちゅぱっ」

「ええ、ベルティユ様の言うとおりです。れるるっ。んちゅっ、ちゅちゅっ……ぴちゃぴちゃ」

「うあぁっ！」

俺の言葉を受けて、舌と胸での責めを止めるどころか更に激しく快感を与えてくる。

そこでようやくふたりが、二度目の射精をするまで止める気がないことに気づいた。

「ほら、ガマンしないで出していいのよ？　ちゅぷちゅぷ、ちゅるるっ、ぴちゃぴちゃ、んちゅっ、ちゅるるっ！」

「熱くて濃い精液いっぱい出してください……ぴちゃぴちゃ……じゅぷぷっ、ちゅっ……ちゅうぅっ！」

「また、おチンポ膨らんできた……ほら出してっ……ちゅぽちゅぽ……ちゅっちゅっ、じゅぷぷ!!」

「ちゅうぅっ、先生の精液もっとほしいんです。れるっ、ぴちゃぴちゃ、ちゅぽちゅぽ、んちゅうっ」

「ああっ、で、出るっ、もう出るっ……!!」

凄まじい責めを前に、再び限界が訪れる。

俺は腰を大きく浮かせると、二度目とは思えない量の精液を吐き出していた。

「んあぁあっ、あんっ、あぁっ、熱ぃ……はふっ、ああっ、ぴゅっぴゅってすごい勢い……ひあぁっ」

「さっき射精したのに……またこんなにいっぱい……やんっ……あうっ、あ、あひっ、ん、んく、んうぅうっ!!」

先ほどと同じように、ふたりが胸と顔で精液を受けながら体を小さく震わせる。

そしてそのまま、精液で汚れたペニスを舐め始めた。

「またこんなに汚れて……もう、仕方ないんだから……れるっ……ちゅぱちゅぱ……」

「大丈夫ですよ、先生。何度でも綺麗にしてあげますから……くちゅくちゅ、んちゅっ、ちゅるるっ」

休むことなく、ふたりがペニスを責め立てていく。

それから結局ベルティユとオーレリーが満足するまで精液を搾り取られることになった。


「さて、こうなったらもう、本気を出させてもらうとするか」

オーレリーにベルティユ、さらにはマエリスがいつのまにか仲間に加わっていた。

まあ、一旦屋敷に戻ってエッチをしていたら、見つかってしまったのだが……。

そのまま自分も役に立ちたいということで、強引に参加してきたのである。

……俺って、どうも女の子に弱いらしい。

「まず敵の情報だが、なかなかに厄介だ。あの軍を指揮しているのは隣国の軍務の最高位魔法近いで『継承魔法』を持っている。それも『指揮能力』というやつだ。自分の部下になった者を効率よく動かすことができる」

「なるほど、確かにそれは厄介ね」

「数の上では圧倒的にこちらが不利だけど、どうするの？」

「それについては作戦がある。よく聞いてくれ」

俺は三人に作戦について説明すると、それぞれに指示を出す。

「ふんふん、それじゃ私が偵察ってわけね」

孤児院の子供たちに魔法を教えたとき、実はマエリスもその才能に目覚めていた。

その結果、彼女は風魔法の中でも相当にレアな『空中移動』を扱えるようになったのだ。

俺だけのオリジナルともまた違う、空を飛ぶことができる魔法だ。

何とも盗賊である彼女らしい魔法と言えるが、いまはそんなことはいいだろう。

「あと、マエリスが見たり聞いたりしたものは、通話魔法で全員が共有できるようになっている」

「この魔法、凄いわね。いつの間に覚えたの？」

「何かの役に立てばと思ってな」

ラジャブ侯爵の魔法について知ったとき、自分にもできないかとあれこれ試した結果、実際に使えるようになったのだ。

色々と改良もしてあり、あちらよりも性能はいいはずだ。ただし、洗脳の効果はなくしておいた。

「それで、私は植物魔法で足止めするわけね」

「ああ、そうしたら後は俺に任せてくれ」

「先生、わたくしは？」

「オーレリーは俺と一緒にいてほしい。それが力になるから」

「わかりました」

オーレリーが俺の言葉に頷く。

それを確認してから、さっそく行動に移ることにした。

「よし、作戦開始だ！」


「みんな、聞こえる？　敵が侵攻を開始したわ」

「ええ、バッチリ見えるわ。そろそろ目的の位置にたどり着きそうね。足止めするわ！」

マエリスからの報告を受け、ベルティユが植物魔法を発動させる。

周囲の植物の力と、俺との特訓により、彼女の魔力はかなり強化されている。

そこにはあっという間に、ちょっとした森が生まれていた。

突然のことに、兵士たちは動揺し、動きに乱れが生じた。

その瞬間、彼らの上空に位置していた俺は、まずはエルフたちを俺の領地へと転移させた。

仲間の姿が消えたところで、さらに兵士たちの間に動揺が走る。

俺はそこに、強烈な炎の魔法を放った。

「うわぁーっ!?　なんだ、これはっ」

「くそっ、敵の攻撃か！　一体どこからっ!!」

その攻撃により、完全に敵の足は止まった。

そこを狙って最後の仕上げに入る。

その秘策とは、敵軍全員を空間転移させることだ。

本来であれば不可能ではあるが、俺の本気の魔力をもってすればどうということはない。

ただ、空間転移自体が繊細な魔法であるため、大軍に適用するならば、相手の動きを止める必要があった。それもこれで成功だ。

そのまま力ある言葉を口にして、残った軍隊全てをある場所へと移動させた。

「よし、それじゃ行ってくる。エルフのほうは任せるぞ、ベルティユ」

「ええ、そっちも頑張ってね」

「くれぐれも気を付けてね、スティド兄さん」

「大丈夫だ、すぐ終わるよ」

俺はまずベルティユをエルフたちのもとへと空間転移させる。

それを確認してから、オーレリーと一緒に敵軍を移動させた場所へと飛んだ。


「な、なんだ、これは!? 大量の魔物がっ!!」

「お前たち、怯むなっ。戦うんだ!!」

「くそっ、剣が通じないっ!!」

「魔法だ！ 魔法を使えっ!!」

「ちくしょう！ 何がどうなってやがるんだっ！」

「駄目です、次から次へと魔物が現れてきりがありません！」

敵軍の後を追うと、そこは阿鼻叫喚の地獄絵図になっていた。

彼らを送り込んだ場所……そこはかつて、俺がドラゴンを倒した平原だった。

縄張りのボスを失ったそこは、新た王とならんとする強力で凶悪な魔物がひしめきあう、地獄の土地になっていた。結局、街道として復旧させるのは、もう少し先になるのだろう。

王国が十年、二十年かけて少しずつ討伐していく予定だった魔物の群だ。

その中に、いきなり放りこまれたのだからたまらないだろうな。

だがさすがというべきか『指揮能力』の魔法によって、彼らはパニックに陥らず統率がなされていた。

なんとか今も、魔物たちに対抗している。

とはいえ敵は強大。徐々に押され始めていた。もちろん、このまま見殺しにするつもりはない。

俺はそもそも、このモンスターの討伐の手伝いをさせるために、ここに彼らを飛ばしたのだから。

「さて、行くぞ!!」

俺はそのまま魔物の群れに飛び込んでいく。

そしてこれまでに見せたことのない『本気の魔法』によって、次々と魔物を倒していった。

圧倒的に、容赦なく。そんな俺の姿は敵国の兵士には鬼か悪魔に映ったかもしれない。

そう、俺は強力な魔物に敵軍を襲わせつつ、それらを眼前で撃退することでも自分の力を見せつけたのだ。

なぜ、そんなことをするのかって?

それは、もう二度と、俺たちの国に攻め込もうなどと思わないようにするためだ。

そして、その目論見は見事に成功したのだった。


「よくぞやった、スティドよ。よく、我が国を守ってくれた」

「この国の貴族として当然の働きをしたまでです」

すべてを終えた俺は、王のもとへと戻っていた。

ベルティユも無事にエルフとの交渉を終え、後ろに控えている。

今回の働きによって、エルフも騙されていたということもあり、特別に許してもらうことができた。

そのまま彼らは、もとの住処に戻っていった。

今後は二度とこんなことがないように、もう少し外の世界と交流していくそうだ。

「本当にお主がいなければ、この国はどうなっていたか……スティドよ、心から感謝するぞ」

「もったいないお言葉にございます」

「ただ敵軍を撃退するだけではなく、裏切り者であったラジャブを捕らえ、隣国との和平まで成し遂げるとは……まことに見事な働きであった」

ラジャブを捕まえることは、難しくはなかった。

通話魔法を使ってさらに別国に逃亡しようとしていたところを、魔力から逆探知したのである。

さすがに見過ごすことはできなかったので、そのまま捕らえて、いまは牢の中だ。

これほどの騒ぎを起こしたのだ。極刑は免れまい。

「此度のお主の働き、文句のつけようもない。あらたに伯爵の位を与え、わが娘、オーレリーの夫となることを許そう」

「ははっ、謹んでお受けいたします」

俺は深々と王に向かって頭を下げる。

「先生！　ついにこの時がやってきたのですねっ!!」

「わっ、オーレリー様」

「なんですか、オーレリー、はしたない」

「ご、ごめんなさい、お母様。でも、わたくし、嬉しくって……」

「ふふ、いいじゃないですか。ふたりの結婚が決まっためでたい日ですもの」

「ありがとうございます、お姉さま」

「スティドよ、娘のこと、よろしく頼むぞ」

「はっ、私のすべてをかけて必ずや、幸せにしてみせます」

「先生、これからもいっぱい、色んなことを教えてくださいね」

オーレリーが輝くような笑顔を俺に見せる。

こうして俺は、彼女を正妻とし、ベルティユとマエリスを第二、第三側室として、三人の妻を娶ることになった。自分でもまさかこんなことになるとは思わなかったが……これはこれで悪くはない。

いや、むしろ幸せなんだと、そう思った。


「さて、誰から入れてあげようかな？」

「んんっ、わたくしからお願いします……」

「ずるーい。私が先だよ。もう我慢できないの」

「それなら私だって！　スティドのチンポが、早くここに欲しいんだからっ」

まるで夢のような光景。三人の裸の美女がベッドに横たわり、大きくアソコを開いている。

そのどれもが愛液で濡れ、いやらしく光っていた。

そして全員が熱っぽく瞳を潤ませ、俺のモノを求めている。

「あんっ、早くしてくれないと、わたくしどうにかなってしまいそうです」

「お願い、おちんちんちょうだい。私のおまんこ、ズボズボしてぇっ」

「アソコ熱くて仕方ないの……んんっ、んぁっ」

誰もが悩ましい声を上げながら、切なげに腰をくねらせる。

俺は少し考えてから、最初に誰に入れるかを決めた。

「よし、それじゃ君から……」

俺はアソコにペニスの先端を宛がうと、一気に奥まで突き入れた。

「ああっ!? おチンポ入ってきましたぁっ!! んっん、んくぅっ、んあっ、あ、あふっ!!」

ペニスを根本まで飲み込みながらオーレーリがビクビクと体を震わせる。

同時に膣内がぎゅうぎゅうと締めつけてきていた。

「あー、いいなあ、オーレリー。私もおちんちん欲しいのに」

「そんなエッチな声聞かされたら、ますますチンポ入れてほしくなっちゃう……ふぁあっ」

「心配しなくても、みんなたっぷり可愛がってあげるよ」

「あんっ」

俺はオーレリーの膣内からペニスを引き抜くと、次はマエリスの中に突き入れた。

「ふぁあっ、おちんちん来たぁっ！　あくっ、あ、あんっ、硬い……ひうぅっ、ん、ん、んうぅっ！」

マエリスの膣肉がぬるぬるとペニスに絡みついてくる。こうして比べてみると、オーレリーとはまた違った感触だ。

俺は先ほどと同じようにすぐに引き抜くと、次はベルティユのおまんこに挿入する。

「んぐっ!!　あぁっ、硬いの奥まで届いてるっ。ひぐっ、ん、ん、んんっ!!」

我ながら贅沢な行為だとは思うが、三人のおまんこに順番にペニスを突き入れていく。

それぞれ感触の違う膣内を味わいながら、ひたすらに腰を動かした。

「あっあ、あんっ、こんな三人一緒にだなんてエッチすぎます……はひっ、あ、あふっ、あ、あぁっ！」

「さっきまでふたりに入ってたおちんちんが私の中に……ひあぁっ、これ、興奮しちゃうっ……ひゃんっ、ん、んあぁっ!!」

「ふあぁあっ、いいっ、すごく感じちゃうっ。んっん、んぅぅつ、あぁっ、あうっ、ん、んうぅうっ！」

三人とも、もの凄い乱れようだった。

アソコからはいつもより愛液が溢れだし、締めつけも心なしかきつい気がする。

「みんなそんなに感じちゃって……もっと気持ちよくなりたかったら、お互いの体を触りあってごらん」

「えっ、さ、触りあうって……あんっ、あひっ、あ、あ、んあぁっ」

「ひゃんっ、ちょ、ちょっと、ベルティユ？　やんっ、おっぱい揉まないで……んうぅっ」

「ふふ、せっかくだしみんなで目いっぱい楽しみましょう？　ほら、オーレリーも……ちゅっ、んちゅっ」

「あっ、そんな、女の子同士でキスだなんて……ちゅっ、はぷっ、ん、ちゅちゅっ、だめです……あんっ、ちゅっ……」

俺の言葉にさっそくベルティユが、マエリスの胸を揉み、オーレリーにキスをする。

三人の美女が絡み合う姿はなんとも刺激的だ。ついつい俺も腰の動きに熱が入ってしまう。

「んんっ、私だって、やられっぱなしじゃないんだから、えいっ」

「あぁっ、あんっ、急に乳首引っ張っちゃっ……んくぅっ、ん、んぁっ、あ、あふっ」

「ベルティユ様、可愛い声……れるっ……ちゅっ……ちゅぱ、ちゅるるっ、んちゅうっ……！」

「んむぅっ、キス、激しい、んっん、ちゅぴちゅぴ、ちゅぷぷっ、ちゅぱちゅぱっ、ちゅちゅっ」

ベルティユがふたりから思わぬ反撃を受ける。

それに反応して、膣内が痛いほど俺のモノを締めつけてくる。

「はは、みんな夢中になって。すっかりエッチになっちゃったな」

「あんっ、あ、あふっ、もう、誰のせいだと思っているのよ……ひぅっ、ん、んんっ」

「そうですよ……全部先生が教えてくれたんじゃないですか。ふあぁ……あふっ、あっあ、あぅっ」

「私たちのこと、エッチにした責任ちゃんと取ってよね。んうぅっ、んくっ、ん、んんっ」

「はあはあ、私たち全員、チンポ大好きになっちゃったんだからぁっ。ふあぁああっ！」

「おまんこズボズボされるのいいんですっ。ひぐっっ、あっあ、あひぃっ!!」

確かに今までのセックスで三人の体は開発されてしまったようだ。

だったらその責任をしっかりと取らなければならないだろう。

「あぁっ、中、ぐりぐりってかき混ぜられるの良いですっ。ひぐっ、あんっ、あ、あうぅっ!!」

オーレリーが自ら腰を動かして俺のチンポを求めてくる。

行き止まりを先端が叩くたび、それに呼応して入口がぎゅっと巾着のように締まる。。

俺はそれぞれ具合の違う膣内を、順番にじっくりと味わっていく。

しかも極上の美女三人なのだ。我ながら恐ろしいまでの贅沢をしている。

「んっん、んぅっ、硬いの中で擦れるのいいのっ。はひっ、もっとしてっ、んんっ、ん、んんーっ！」

「もっと激しくして。スティドのおチンポ、いっぱい感じさせてほしいのっ。はひっ、あぁっ、あふっ、あ、あ、あんっ!!」

「はあはあ、おふたりとも、すごくエッチな表情をしています……んうぅっ、なんだか、体がすごく熱くなって……ひゃうぅっ！」

「あっ、ちょっと、マエリス、んんっ、そんなに強くおっぱい揉まないで……やんっ、ん、んんっ」

「ふふ、さっきのお返しだよ。私だってやられっぱなしじゃないんだから。何よ、ベルティユだって乳首硬くなってるじゃない。ほらほら」

「やんっ、そんな強く引っ張らないで……あぁっ、あんっ、乳首びりびりってしてして……やっ、んくっ、ん、ふあぁっ!!」

そんなふたりに刺激を受けて、オーレリーの膣内も痛いほどに俺のモノを締めつけてくる。

絶え間なく与えられる快感と、このハーレムな状況に興奮しているのか、全員のおまんこが蕩けきっている。

「んんっ、んくっ、んっん、んあぁっ、私、すごく感じてしまって、おかしくなりそうです……あんっ、あ、あふっ」

「気にせずおかしくなっていいんだよ、オーレリー。君の感じている姿をもっと見せてくれ」

「あんっ、あ、あふっ、先生のおチンポすごいですっ。やんっ、あくっ、んんっ、ん、んぅぅっ！」

「ほんと……くぅぅっ、私のおまんこ、もうすっかりこのおちんちんの形覚えちゃった……はひっ」

「私だって……もうこのおまんこは、スティド専用なんだから……はひっ、ん、ん、んぅぅっ、あぁっ、あっあ、あんっ、んあぁっ!!」

「どのおまんこも、最高に気持ちいいよ。俺のチンポが喜んでいるのがわかるだろ？」

「はいっ、あんっ、私の中で嬉しそうにビクビクってしてします。あぁっ、あんっ、んっん、んぅぅっ」

「私のおまんこ、おちんちんにしゃぶりついちゃってる……やんっ、んくっ、ん、んあぁっ、ん、んんーっ！」

「すごくエッチな音しちゃってる……はひっ、んっ、んっ、んっ、もっと楽しんでいたいのに……はひっ、すごいのきちゃう……！」

「私もイキそうです……先生のチンポでイッちゃいますっ……！　んぅぅっ、あんっ、あ、ああっ！」

「体、どんどん熱くなって……私もすごいのきちゃいそう。あうっ、あ、あひっ、あ、あ、あんっ、あ、んんーっ！」

三人の声に余裕がなくなっていく。膣内はまるで痙攣するかのように小刻みに震えていた。

俺のモノに吸いついてきては、放すまいとしているかのようだ。

感触の違う三つのおまんこを味わいながら、俺もまた限界が近づいているのを感じていた。

「三人とも……そろそろイクぞ……全員の体にぶっかけてやるからなっ」

「あんっ、嬉しいですっ。先生の精液欲しいですっ。ひうぅっ、ん、んくっ、ん、んうぅっ」

「はあはあ、精液出すの？　いいわ、きて……熱いのいっぱいかけてっ!!」

「んくぅっ！　んっん、んあぁっ、あんっ、あ、あ、あひっ、あ、あぁぁあぁあっ！」

俺は射精に向けて、一気にラストスパートをかけた。無我夢中で三人の膣内へ、出たり入ったりを繰り返す。もういつ達してしまっても、おかしくない状況だった。

「あっ、あ、あんっ、だ、だめっ、こんなにされたら、私、私、もう耐えられないです……ひあぁあぁあぁあぁあぁあっ！」

「んくっ、くるっ、すごいのくるっ。ひぐぅっ、ん、んうぅっ、ん、んぁっ、ん、んんーっ！」

「やっ、駄目っ！　イクっ、イクのっ、ふあぁあぁあぁあぁあっ！」

「くっ……」

俺は渾身の力で、それぞれのおまんこをペニスで思いきり突く。

そして最後に入れたおまんこから引き抜いた瞬間、一気に限界が訪れた。

「ああっ、精液きました。熱いですっ！」

「……っ!!」

「ふああ、すごい、こんなにいっぱい……体、ドロドロになっちゃう……」

「はあはあっ、あんっ、なんてエッチな匂い、頭くらくらしちゃうわ……」

三人が絶頂の余韻に浸りながら、どこかうっとりとした様子で言う。

俺もまたその姿を眺めながら、射精の心地よさと気だるさに浸るのだった。

エピローグ　強く正しく、幸せに！

「よし、これで護岸工事も一段落だな」

土と水魔法を駆使して作った港を見おろし、俺は満足げな笑みを浮かべた。

いくら常識外れな魔法力があり、現代日本の知識があっても、簡単な作業ではなかった。

それだけに、出来たものを見れば感慨もひとしおだ。

塩のほうも順調だ。流下式枝条架塩田方式の導入で、生産量も増えている。

大豆によく似た豆もあるし、醤油や味噌もいつか造れるかもしれない。

まあ、塩を大量生産できるだけでも、国内における立ち位置としては悪くないものとなるはずだ。

S級魔法使いとなり、伯爵位を手に入れ、オーレリーを娶り、王の遠戚となったことへのやっかみもあるのだろう。

未だに『継承魔法』を持たない俺のことを軽く見て、舐めた態度を取ってくる貴族も少なくない。

まあ、そういう連中の相手は適当にしている。

もちろん、ただ放置しているわけじゃない。今、俺に友好的な貴族、商人たちには、日本での知識を流用して色々とやってもらっている。

数年もすれば明らかな差が出るはずだ。敵対したやつらには、その時にたっぷりと後悔してもらうことにしよう。

しかし、こちらの世界ではのんべんだらりと過ごしたいと思っていたのだけれど、気付けば忙しい毎日だ。

まあ、前とは違い、きっちりと休みを取っているし、家で待つ愛する妻たちのためと思えば、やる気も出ようというものだ。


「ただいまー」

部屋に戻ると、３人の妻が笑顔で出迎えてくれる。

「お帰りなさい、スティド様」

「ずいぶん疲れているみたいね。お風呂にする？」

ベルティユが腕を取り、風呂へと誘う。

新領地を賜り、領主としての館を新設するときに、俺の趣味で大きな風呂を作った。

あのときの温泉でのプレイが、忘れられなかったのもある。

ベルティユは今や、すっかり風呂の虜だ。

「スティド兄さんは、忙しいとご飯を適当にすますから、お腹がすいているんじゃないかしら？」

マエリスの言うとおりだ。正直、ずいぶんと空腹だった。

「そうだな。まずは食事にしようか。風呂はその後、みんなで一緒に入ろう」

「ふふっ、では、さっそく食堂へまいりましょう」

「なんだか楽しそうだね、オーレリー」

「はい。今日の夕飯は、マエリス様に教えてもらって、ベルティユ様が育てた野菜や果物をふんだんに使って、私が作ったんですす」

「へえ、それは楽しみだ」

本来、貴族の妻はそんなことをしない。

三人には俺が前世の――日本の記憶があることは打ち明けている。

そのときに「家族」についても色々と聞かれ、つい、恋人や妻の手料理を食べるのが嬉しいという話をしたのがきっかけだ。

今や妻たちはもちまわりで、あるいは一緒に、俺のためにその腕をふるってくれていた。


「うん、至福の時間だった……」

俺は膨れた腹を撫でながら、満足げに呟いた。

仕事の後の一杯とともに、妻たちの愛情たっぷりの手料理を味わい尽くす。

なんと贅沢な時間だろう。

「どうでしたか、スティド様」

「おいしかったよ。すごく上手になったね」

「ふふっ、ありがとうございますっ」

まったく料理をしたことがなかったオーレリーだったが、俺なんかでは足元に及ばないほど上手くなっている。

「あまりに美味しすぎて、食べ過ぎてしまったよ」

これが幸せ太りというやつかもしれない。

「そうね。最近、すこーしだけふっくらとしてきたような気がするわねー」

「気になるほどではないけど、たしかにそう見えるな。次からは少し食べる量を減らすか」

せっかく手に入れた幸せな生活だ。

今度は、もっと長生きをしたいし。

「私と農村の巡察をする？　馬車を使わずに行けるところを中心にまわれば、すぐに体重も元に戻るわよ？」

「港も落ちついたし、次は街道の整備もしたいし、下見を兼ねて行こうかな」

ベルティユには農村の巡回、植物の育成などの事業を補助してもらっている。

土魔法で地面をならし、固め、石畳かローマコンクリートを敷こうと思っていたところだ。

「だったら孤児院の慰問はどう？　一日中、子供たちの相手をすれば、よい運動になるわよ」

「そうだな。最近は顔を出してなかったし、それもいいかな」

いくらチートじみた知識や魔法力があっても、全ての人間を救いあげることはできない。

マエリスには孤児院の運営や、俺が始めた学校の補助を頼んでいる。

「それよりも、もっと早く、すぐに効果がある方法があります」

オーレリーが俺の隣に座ると、うっすらと頬を染めながら抱きついてくる。

「スティド様、貴族の義務を果たしてください」

顔を赤くしながら、上目遣いにおねだりをしてくる。

「仕方ないとはいえ、このところ戻って来たらすぐに寝てしまっていたものね」

「では、兄さんには、全員一緒に相手をしてもらいましょう」

たしかに、ここ数日はとくに忙しくて、そういうことをしていない。

貴族たるもの、後継者を作り、血をついでいくのは義務だ。

「そうだな……じゃあ、まずはみんなで風呂に入るか」


寝室に入ると、俺の目の前には、何とも蠱惑的で刺激的な光景が広がっていた。

何といってもそれぞれタイプの違う三人の美女が、俺に向かっておねだりをするように、お尻を向けているのだ。

当然のごとく、そのお尻を隠すものは何もなく、丸みを帯びた形のよいラインが惜しげもなくさらけ出されてしまっている。

そんな光景を前に、俺の股間はすでに痛いほどに張り詰めていた。

「先生……私のおまんこ、見てください……おチンポが欲しくて、もうすっかり濡れています」

「私もすっかりトロトロになっちゃってる。入れられること想像するだけで、体が熱くなっちゃうの……」

オーレリーとマエリスが切なげな声で訴えてくる。

その言葉のとおり、こちらに向けられたおまんこからは愛液が溢れだしていた。

「あら、私のことも忘れてもらったら困るわね……ほらおチンポが欲しいってひくひくしてるでしょ」

そう言いながら、ベルティユがいやらしく誘うようにお尻を振る。

こうやって、ただ眺めているだけなのも我慢の限界だ。

俺はさっそく、三人のおまんこを味わわせてもらうことにした。

「よし、入れるぞ、三人とも……しっかり俺のチンポを感じさせてやるからな」

「あっあ、チンポ入ってきます……んあぁっ、あんっ、膣肉かき分けるようにして奥まで……！ ひうぅっ！」

まずはオーレリーの膣内に、ペニスを根本まで突き入れる。

そうすると、彼女の膣内がみっちりと埋め尽くされるのがわかった。

熱く柔らかな肉が、俺のモノにまとわりついてくる。

それを振りほどくようにして、ピストンを繰り返す。

「んあぁっ、あんっ、やっぱり先生のチンポは最高ですっ！ 私のおまんこ、もうこのチンポの形になっちゃってますっ!! んんーっ！」

「ああ、オーレリーの中、俺のチンポにぴったりだ。嬉しそうにしゃぶりついてきてるぞ。ほら、こんなにエッチな音をさせて」

「んうぅっ、やんっ、激しいですっ。あふっ、あ、あぁっ、奥、届いて……ひゃんっ、んっん、んうぅっ、あ、あ、あぁっ！」

先端で奥を強めに叩くとオーレリーが敏感に反応する。

彼女の膣内は本当に俺のモノに馴染んでいた。

セックスを繰り返せば繰り返すほど、さらに快感が増していく。

まさしく俺専用のおまんこと言ったところだ。

「もう、ずるい、スティドってばオーレリーばっかり。早く私にもちょうだい……おまんこ切なくて仕方がないの」

「私だって、これ以上我慢したらおかしくなっちゃうっ。んっん、んんぅっ」

「心配るすな。いつもどおり、全員一緒に可愛がってあげるから」

俺はそう言うとオーレリーからペニスを引き抜き、マエリスの中に突き入れる。

「あんっ、おちんちんきたぁっ、あひっ、硬いのが私の中ごりごりって擦ってるぅっ！　あんっ、これ、最高すぎっ。ひあぁっ！」

マエリスの中に突き入れたペニスを数回往復させるだけで、膣内はたちまちのうちに蕩けきっていた。

ピストンするたびに、押し出された愛液がいやらしく飛び散っていく。

俺はそんな彼女の中から引き抜くと、今度はベルティユの膣に突き入れる。

「ひあぁっ！　やっとおチンポっ！　待たされすぎて、私のおまんこ、がっついちゃってるよ……すごく締めつけちゃってるのぉっ！」

前のふたりと同じように、ベルティユも快感の声を上げる。

そう……四人でエッチするときは、こうして三人のおまんこを交互に行き来するのが当然になっていた。

どのおまんこも素晴らし名器で、凄まじい快感を俺のペニスに与えてくる。

俺は愛液で蕩けきった膣内を楽しむように、ゆっくりとピストンを繰り返す。

奥まで突き入れ、そこから抜ける寸前まで引き抜こうとすると、放すまいとするかのようにどのおまんこもきつく締めつけてきた。

「あぁっ、お腹の中、かき混ぜられちゃってますっ。ひゃんっ、んっん、んくっ、ん、んはぁっ、あ、あ、あんっ！」

「オーレリーったら、すごい腰振り……本当、こんなにエッチな王女様だとは思わなかったわ。んんっ、んくっ、ん、んあぁっ」

「確かにね……そもそも、こんな風にみんなでエッチする関係になるなんて思っていなかったし」

「はしたない女でごめんなさいっ。あんっ、でも先生にエッチの素晴らしさを教えられてしまったんですっ。このチンポが良すぎるのがいけないんですっ。あっあ、ああっ！」

「まあ、確かにさの気持ちはよくわかるわ……私も、腰勝手に動いちゃう……はふっ、あ、あ、んんっ」

オーレリーの言葉に応えながら、ベルティユがいやらしい腰使いをする。

お尻を俺の腰に押し付けるようにしながら、ペニスを奥深くまで飲み込む。

そうしておきながら、引き抜こうとすると、わざと強めに締めつけてきた。

ペニスをより感じさせるためのテクニックだ。さすが、性的行為のやり方について代々伝えられてきたというエルフだけのことはある。

「あぁっ、あんっ、あくっ、あっあ、あぁっ、あんっ、んんっ、んぅっ、もっと中、ぐりぐりって擦ってぇっ！　あんっ、あ、あひっ」

嬌声を上げながらマエリスがおねだりをしてくる。

彼女の膣内はまるで燃えるように熱くなり、ペニスにまとわりついてはしがみつく。

俺はそれを力で押し返し、少しずつピストンの速度を上げていく。

そうするとさらに、快感が強まっていくのがわかった。

「んんっ、ん、んんっ、それ、激しいのいいっ。感じちゃうっ。ひゃんっ、んっん、んあぁっ、あ、あうっ」

「マエリスったら、オーレリーのこと言えないぐらいの腰振りじゃない。やんっ、ひうぅぅっ！」

パチュパチュと三人のおまんこの中を往復する音が響いていく。

カリ首で膣壁を擦るたびに、全身がぞくぞくするような快感が襲ってきた。

「んっ、んくっ、嘘っ、おチンポ、まだ中で大きくなってます……あふっ、あ、あ、あんっ!!」

「はあはあ、私の中、スティドでいっぱいになってる……んぅっ、恥ずかしくなるぐらい、本気で締めつけちゃってるのぉっ」

「こんなの、絶対に忘れられなくなる……私のおまんこ、兄さんのおチンポに夢中になっちゃってる。あふっ、あ、ああっ、あんっ」

どのおまんこも、十分すぎるほどに愛液で濡れ、とろけきっていた。

熱くぬめる膣内を前に、俺はさらにピストンの動きを激しくしていく。

「あ、あ、あんっ、激しいのだと感じすぎちゃうっ。ひぐっ、んうぅっ、ん、んあぁーっ!!」

軽くイッているのか、ベルティユがぶるりと体を震わせる。

三人とも感じやすく、そしてますますイキやすくなっていた。

どのおまんこも最初の頃とは違っているし、ぎこちなさや硬さも、いつの間にか消えさっている。

三人の処女を貰ったのはすべて俺だが、今はねっとりといやらしく絡みつくおまんこになり、俺専用に成長している。

「全員激しいのが好きなんだろう？　ほらほらっ」

「ふあぁっ、あぁっ、あ、あうぅっ、そんなに激しくされたら私のおまんこ壊れちゃうっ。ひゃんっ、んっん、んあぁぁっ！」

「はひっ、イクの止まらないです……ひゃんっ、んっん、んぅぅうっ！」

「私も……んんっ、ん、んあぁっ、チンポで奥突かれるたびに、軽くイッちゃうのっ。ああっ、あふっ、あ、あぁっ」

どのおまんこも凄まじいまでの快感を、俺に与えてきていた。

俺が腰の振ればそれに合わせて、全員も腰を動かす。

絶え間なく与えられる快感を前に、俺自身いつまで耐えられるか自信がなかった。

今はただひたすらに、腰を動かすことしか考えられない。

「あふっ、あ、あんっ、あ、あぁっ、またイクっ。ん、ん、んはあぁっ」

「もう、オーレリーったらイキすぎよ……まあ、気持ちはわかるけど……ひゃんっ、んっん、んんっ、ふあぁぁあっ!!」

「あ、あ、あんっ、硬いの奥まで届いてるっ。ひあぁぁあっ！　中で暴れてっ、んくっ」

ぬるつく膣内には敵わず、どんどん限界が近づいてくるのがわかる。

それでも俺は無心で、ピストンを繰り返す。

いまはただゴールに向かって突っ走るだけだった。

「んくぅっ、あんっ、駄目っ、イクっ、イキますっ！　ああっ、あんっ、すごいの来ますっ！」

最愛の妻であるオーレリーの膣内が、射精を求めて俺のモノを愛しく締めつけてくる。

俺は彼女を確実に孕ませるため、腰が思いきり尻にぶち当たるほどの強さでペニスを突き入れた。

「あっあ、イクっ、イクイクイクイクイクぅうぅうぅうっ!!」

オーレリーが大きく背中をのけぞらせる。

俺はそれに構わず、さらに激しく責め立てていく。

そうすることで、とうとう俺にも限界が襲ってきた。

「だ、出すぞ、三人とも……しっかり受け止めてくれ……」

「くうぅううっ!!」

三人の返事を待たずに、俺はペニスを勢いよく引き抜く。

その瞬間、衝撃に耐え切れず、俺は射精していた。

「あふっ、あっあ、熱いのお尻にかかってます……ひうっ、ん、んんっ」

「精液かけられながらイッちゃうっ、やんっ、あぁっ、あふっ、あ、あ、あああぁっ!!」

「私もイクっ、んうううううううううっ!!」

オーレリーと俺に少しだけ遅れて、他のふたりも達したようだった。

俺は三人の体に容赦なく精液を振りかけながら、その光景を眺めていた。

「んんっ、ん、んうぅっ、精液熱い……はひっ、ん、んああっ」

「こんなのエッチすぎる……ひゃんっ、ああっ、あ、あんっ」

「はあはあ……気持ちよかった……んくぅっ」


かつて求めていたスローライフとは違い、忙しくはあるけれど、それ以上に充実して満たされた日々を送っている。

美しい妻たちに囲まれ、笑って幸せに暮らしていける。

こんな生活も悪くないだろう。

これもまた、望んでいた理想の形の一つ。

そう――。

こそ世界でただ一人だけが持つ称号「S級魔法使い」となった俺は。

この場所で、この国で、この世界で、これからもずっと生きていく。

ずっと、ずっと幸せに、暮らしていくことだろう。

あとがき

みなさま、ごきげんよう。愛内なのです。

今回もまたまたまた、キングノベルスで書かせていただくことになりました。

そしてついに、キングノベルスも3周年とのことです。

私も実は「小説ドラゴンプロヴィデンス」という、ゲームが原作の作品で、キングノベルス創刊時のラインナップから参加させていただいています。

ここまで、オリジナルも含めて何冊も書かせていただけたのも、皆様の応援のお陰かと思います。

文庫レーベルと合わせて、ほんとうにありがとうございます。


今回の作品ですが、キングノベルス・レーベルとしては恋愛色が強めになっているかなと思います。もっともっと、ヒロインをいっぱい活躍させたい。エッチなこともしたい！　という我が儘もありますが、楽しく書かせていただきました。

バトル？　やはり、バトルですか？　能力を考えるのも楽しいですので、もっともっと、工夫してみたいと思います。主人公だけでなく、激強ヒロイン大活躍。そんなところも、いつかテーマにしてみたいです。

それでも、やはり、どうしても。

恋する乙女やイチャラブエッチを、お楽しみいただけるようがんばりますよ！　愛内ですから。

それでは、この辺りで謝辞に入らせていただきたいと思います。

まず担当の編集さん。今回もいろいろとお世話になり、ありがとうございました。すっかりスケジュールがごちゃごちゃになっておりますが、これからもなにとぞ、よろしくお願いいたします！　ほんとに、お願いいたします！

そしてイラストレーターのKaeruNoAshiさん。途中で挿し絵のご相談など、いろいろしてしまいましてすみません。ステキなデートシーンなど、ありがとうございます。

今回特に、オーレリーを可愛く書きたいと思っておりましたので、絵もステキなものばかりで、感謝いたします！　また機会がありましたら、よろしくお願いいたします。


その他、本書を出版するにあたってご尽力いただいた皆様にも感謝を。

そしてもちろん、本を手に取っていただいた読者のみなさま。

これからもいろいろな色を出しつつ、楽しんでいただける物語を書いていきたいと思いますので、応援のほどよろしくお願いいたします。

それでは、バイバイ！

二〇一八年九月　愛内なの

キングノベルス

成《な》り上《あ》がりS級《えすきゅう》魔《ま》法《ほう》使《つか》いは異《い》世《せ》界《かい》で世《せ》界《かい》最《さい》強《きょう》を目《め》指《ざ》す

2018年 12月1日　初版第1刷 発行

■著　　者　　愛内なの
■イラスト　　KaeruNoAshi

発行人：久保田裕
発行元：株式会社パラダイム
〒166-0011
東京都杉並区梅里2-40-19
ワールドビル202
TEL 03-5306-6921

印 刷 所：中央精版印刷株式会社

KN061

大石ねがい
negai ooishi
イラスト もねてい
奴隷から始まる成り上がり英雄伝説
～女剣士とメイドとエルフで最強ハーレム！～
美女と宝を掘り起こせ！
職業チートで迷宮探索！
「異世界で魅了チートを使って奴隷ハーレムをつくってみた」の人気作家・書き下ろし最新作！
異世界への転生者となったマルクは、《魔術師》の能力を持っている。この世界ではスキルとして「職業」を持つことが特別であり、マルクはその力で遺跡の探索者となることを夢見ていた。同じく《剣士》の能力を持つ幼なじみのユリアンとともに、一攫千金を求めた冒険へと旅立つが!?

KiNG novels
大石ねがい
negai ooishi
イラスト もねてぃ
隠居英雄が始める
駆け上がり最強伝説
～魔術少女と女騎士との冒険ハーレム！～
可愛い弟子と再挑戦！
ハーレムパーティーしてみます！
異世界へ転生したマルクは、《魔術師》の能力で街を救い英雄となった。今は幼馴染みのユリアナとのんびりイチャラブ生活を送り、半隠居状態だ。しかしそんな彼に弟子入りしたシャルロットを鍛えるうちに、再び冒険への熱意が湧いてきて!?

守ってみせます、勇者様！
KiNG novels
好評発売中！
成田ハーレム王
Narita HaremKing
illust: アジシオ
逆転で最強
異世界勇者が
無双ハーレム！
勇者ヤスノリは、この世界で唯一、強い魔力を持つ男として異世界に召喚された。本来は女性だけが魔力を持つため、男はか弱い存在とされている。女だけでは倒せぬ魔王と戦うために、魔力で常に発情してしまう女性たちと協力して、ハーレムな冒険の旅に挑むことに！